北海公園有棵樹

谷風 著

目次

我不能自詡洞明世事。從過去到今天，我一直是一個尋覓者，但我也不再尋求於星辰與書本之間，而是開始聆聽自己血液的簌簌低語。

——赫爾曼・黑塞《德米安》

一　夕

火車緩緩駛過窗外，我徹夜難眠。

二零一二年末夏，傍晚。我在家鄉的農社度過暑假，和奶奶住在一起。我睡在主房的沙發上，客廳裡的空調直對著我，冷風令人窒息。

夜已深，我怕調高空調的溫度會把奶奶熱醒，便挨著凍。後來我實在冷得厲害，就去了廁所，把自己反鎖在浴室裡泡澡。

我打開花灑，熱水像瀑布般淋下來，直到水逐漸灌過我的膝蓋，我才關掉水閥。

一切又安靜了下來。

我蜷縮在狹小的浴缸裡，深深地吸了口氣，然後把整張臉浸到水中，再深深地把氣呼出去，如此反复。待到身體終於暖和起來，我抬起頭，在暗黃的吊燈下，瞪眼看著灰白的牆面，流起眼淚來。

我在浴缸裡不知覺得睡著了。

醒來時已是清晨時分。我的皮膚泡出了褶皺，頭也因為缺氧感到陣陣眩暈。我扶著濕滑又有些冰涼的牆壁，爬出浴缸，朝廁所門縫的夾口處試探，摸索著新鮮空氣。

這時，洗衣機裡突然傳來我手機的來信鈴聲。

我忙去翻那藏在臟褲兜里的手機，是我的小升初面試老師發來的一條短信。短信裡說，我被國中錄取了。

看到短信，過去那一整夜的頹唐彷彿不復存在了。穿好衣服，我便急忙跑出了廁所，去向奶奶分享這個好消息。

當我推開廁所門時，奶奶卻已經坐在餐桌旁邊吃早飯。桌上的烤糍粑冒著騰騰熱氣，她早已經為我做好了早餐。

我吃著糍粑，聽奶奶講父親小時候的故事。

她說父親以前愛爬樹，比我小時候更淘氣。有次父親爬樹，不小心從很高的枝幹上摔了下來，落地之後感覺大腿鑽心的痛。他抬頭一瞧，樹枝上竟然掛著一坨肉，他又低頭一看，才意識到那是他自己的大腿肉。

這件事情之後父親就再也沒敢爬過樹了。

講到這裡，奶奶大笑起來。我也笑了，把吃到口裡的糍粑又吐了出來。

我跟奶奶說：「奶奶，我馬上就要上初中了，我考上了市重點。」

奶奶祝賀我說：「太好了，跟你爸一樣會讀書，將來肯定有出息。」

說完她便去洗碗了。

吃完早飯之後我立即和在北京的父母取得了聯繫，他們聽到我有書可讀的消息，也都很高興。

父親說：「這一切都是你應得的。」

母親說：「他們不選你那才是瞎了眼。」

我自然也很高興，能夠去到新的學校學習生活令我充滿期待。

和奶奶相聚的時間總是短暫的。離開學還有兩週，父親囑託了一個老鄉，陪我坐從武漢出發的火車回北京。

父親是體制內的一個九品芝麻官。他的老鄉朋友見到我之後，便開始熱切地打聽起父親的情況，問些「父親最近身體怎麼樣」，「官場如不如意」，「有沒有賺大錢」之類的問題。對於老鄉成串的問題，我通通回答說「不太清楚」，實際上我也確實不清楚。他看我一問三不知的樣子，很快便不再和我說話了。

記得坐火車回家的那天是個晴天，沿途的風景很美。我一路都在看著窗外的風景打發時間。

那天是我人生中第一次看到黃河。

黃河波瀾不驚，寬和壯闊。我想從記憶裡找些詩句出來應景，卻什麼也想不出來，最後腦袋裡蹦出來的話是：「古巴比倫文明發源於幼發拉底河和底格里斯河流經的兩河流域……」

對此我自然很失望，對黃河的美也失去了欣賞力。

老鄉坐在我對面，他大部分時間在饞瞌睡，即便醒著也不搭理我。我也不主動和他搭話，風景看厭了，便拿起車椅靠背上的那本旅遊宣傳冊來回翻看。

火車很快就要到站了。手台區密密麻麻的居民樓開始慢慢地駛入我的眼簾。這時便有人陸續開始搬卸行李，連抱娃的婦女都慌忙站了起來。

等這些不知道在慌忙什麼的人又站了一刻鐘之後，車才停穩。我便在這群人之後跟著老鄉遲遲下了車，不久便和父親在車站外匯合了。

「林科長好。」老鄉熱情地和父親打著招呼，臉上洋溢著燦爛的微笑，手也早已伸了出去。

父親接上了我，和老鄉到了謝，又短聊了幾句，我們和老鄉便就此分別。他朝不知道什麼地方走去，我和父親則準備回家。

回家的路上經過天壇，我們便在天壇溜了一會兒彎兒。

我們先去了天壇旁邊的體育市場，父親帶我去了幾家賣足球的店，給我買了一個兩百塊左右的球。

他問我還想要些什麼，我說我是守門員，想再來一副手套。父親就又給我買了一副手套。

四年前的奧運會，父親曾在某天答應我說，在我放學之後給我買顆足球，但他當初失信諾言，那晚接到我便打算直接帶我回家。我問他買球的事，他說他忘了，我氣得甩開他的手就跑。父親沒有追，只在我身後大喊，讓我有種就別回來。我真的沒回去。父親因此找了我一晚上，在學校周圍挨家挨戶敲門詢問，最後才在我一個朋友的家裡找到我，當時我正和朋友藏在他的臥室里數著神奇寶貝的卡片兒。

父親找到我時，瞬間就哭了。他非但沒罵我，還緊緊抱住了我，說著些什麼感謝佛祖顯靈之類的話。我則仍在生父親不給我買足球的悶氣。

事後每當父親回想起來這件事，便會責怪我：「一點小事就跟你爸媽亂發脾氣，以後你能成什麼事？」

而此刻於天壇，我拿著父親剛給我買的這顆足球，感覺像撿到了別人丟失的禮物。我怎麼也不覺得這禮物是送給我的，就是開心不起來。

父親給我買完足球，又帶我去了肯德基，買了雞肉捲和蛋撻打包帶走，我們又一路溜到了龍潭湖。

夜色逼近，龍潭湖的湖水也涼了起來。鴨子們正一排排地遊回天鵝島的岸上休憩。

我和父親坐在石舫船旁，吃著肯德基買來的雞肉捲，看夕陽下的蓮葉，蓮葉下面藏著一圈圈的小魚。

我撕下雞肉捲的面碎兒餵給那些魚，立刻就被搶食而光。我看魚兒歡喜，便又撕了些面碎兒給它們，我玩得樂此不疲。

這時我突然發覺母親沒有來接我，便問父親她怎麼沒來，父親說她還在燕郊加班。下午的時間過得很快，公園就要關門了，我和父親不得不離開。我們出了公園，繞著公園旁的小紅樓瞎轉悠，不知不覺就溜到了我的小學。

到了小學跟前兒，父親突然跟我說：「有個事情一直沒跟你講，你當年上這個學校純屬是個巧合。」

他手背在身後，茬著外八字走在我前面兒。父親在北京待了十幾年，但只有在身邊兒沒人的時候才敢放下拘束。

他接著說：「當年想進這個學校，要麼就是住在這附近的，要麼就是跟體育總局有關係的，要麼是交夠了錢。你爸我沒這些資本，只把你送過來面試。本來學校不應該錄你的。誰知道學校把你的名字和另一個人的名字搞混了，給你們兩個小孩都下了入學通知。」

「學校不好意思失言，就在末班給你找了個位置，安排你入學了，一分額外的錢也沒找我們要。你說這是走了多大的狗屎運？」

說完父親便笑了起來。我也跟著他傻笑。

我們走到了學校的正門口，看著這六年來重修了許多遍的門面。我記得一年級的時候，那不過是面單調的石頭牆，沒過多久變成了黑色大理石雕，年後又添了幾個金色大字，又在旁邊配了個水簾瀑布。等到我五年級的時候，可能是嫌金色的大字太俗氣，學校乾脆又叫人把這大理石和金字兒全拆了重修，最後才有現在眼前這一版精緻的木雕裝潢做學校的門面。

老師們口中流傳的最廣的八卦，就是學校為裝修這門面總共花了多少錢，據說花了七百萬人民幣。

我和父親就這樣在學校旁走走停停，溜到太陽都落山了。路邊霓虹閃爍，商舖陸陸續續打起了招牌上的夜燈，唯有路對面新華書店的紅招牌滅了下去。

這時我和父親走到了學校對面的家樂福，買了瓶茅台來慶祝我升學成功的喜事。回家的路上，我卻不小心把那茅台酒的蓋子給扣開了。

酒不知不覺灑了一路。

走到半路，我察覺到褲子有點濕噠噠的，這才意識到酒漏了，於是叫住父親。

父親接過這漏酒的瓶子，看著那沒擰緊的蓋子，又看了看我。

我低著頭瞥父親，不敢吭聲。

最終，父親是一句話也沒問我，我也什麼都沒說。

他直奔回那個家樂福，去找那賣酒的人理論。

父親找到那賣酒的人，指著那人的鼻尖便罵：「你賣的什麼假酒，操你媽！」

那賣酒的人也不服輸，說這怎麼可能是假酒，不信看看酒瓶底，拿紫外線照封條，能看防偽標識。

人們看到賣酒的這邊起了熱鬧，便都湊過來看戲。他們只是站在旁邊靜靜地看，都愣著不說話。

父親看到這些圍觀的人，更不肯服輸了。他一怒之下，當場就把那空酒瓶砸碎在地上。刺啦一聲，碎玻璃渣子濺得滿地都是。

父親最後瞪著那賣酒的專櫃，留下句：「呸！」

然後他就拉著我匆匆離開了。

回到家時，我見到了母親，她微笑著祝賀我升學成功的事情。但她的聲音顯得很憔悴，面色也是蠟黃的。之言碎語之後，她便又捧起那本高級會計師的職稱書開始背。

父親斜眼瞟了瞟母親，問她：「飯做好了嗎？」

「我簡單做了些。」母親看著書，回應到。

父親又說：「兒子考上好學校這麼大的事兒，你也不做頓好飯慶祝一下？」

母親沒再多回一句嘴，只默默起身又去做了兩道新菜。

那晚母親做的飯很香，有她最拿手的燒冬瓜和我最愛吃的糖醋排骨。因為我升學的喜訊，大家都吃得很愉快。

當晚我便開始收拾去學校住宿的行李，後天就要開學了。

北京的最後一縷殘陽消逝殆盡。高大而密集的居民樓外，數十台抽油煙機開始嗡嗡作響，空氣被燥熱扭曲了形狀，驚起蜷縮在機器軸輪間休憩的鼠鳥。它們團散開來，盲目地穿過圍牆與柵欄，轉眼消失在雜草叢生之地。

二

廢橋

第二天傍晚，我啟程前往學校，開始了住宿生活。

我是不願意住宿的，因為家裡總是更舒服。

家裡有架電子琴，我們一家三口都不會彈，也不記得是什麼時候家裡就多了這麼一架琴。儘管如此，我們倒可以用它自動播放些錄好的音樂，這是我百試不爽的娛樂方式。

除此之外，父親信佛，他在客廳裡擺有一個供佛台，日常會燒些香火來興風水，我喜歡那禪香味道，甚至聞不到就不舒服，這佛台總能讓我心靜，離了它我便無法心安。

但宿終歸是要住的。父親不是囉嗦的人，但臨行前依舊囑咐了我幾句。

一是要我照顧好身體。二是要和老師處理好關係。三是莫沾情事。

在前兩則叮囑上，我都是吃過虧的，父親是讓我以前車為鑑。

小學的時候我個子矮，身子瘦，在學校總是被人欺負。關於頂撞老師，那則是一個不甚愉快的故事。

五年級的時候，體育老師為了讓自己的兒子評上三好學生，把我的體育課總成績調到了B，這樣一來，我就沒法評比三好學生，他兒子就沒有競爭對手了。我猜到了他的陰謀，跟他生了氣，讓他給我公正評分。他拗不過我便嚇我，把我的課堂參與分打成了零。因此我更生氣了，回家跟父親喊冤。

父親那時說：「忍常人所不能忍，行常人所不能行。世上真正的不公你還沒碰到過呢，真碰到的時候，你向誰喊冤去？」

我聽不懂，便哭。

這件事的結果就是，因為我的體育成績不達標，我錯失了區重點學校的報送資格。父親母親這時才開始慌張。他們怎麼也想不明白，我這個班裡學習成績最好的孩子怎麼突然就沒學上了呢？

於是他們開始四處投放我的簡歷，希望還來得及挽救我的未來。

我最後考上了一所比區重點更好的市重點學校。這事情才算罷了。

至於父親口中的「情事」，我從未涉足，但我想那有兩層基本含義。

一層是戀愛，好比小說裡情人間的對話。

另一層是做愛。

我對第一層的情事沒有體會，對第二層的情事感到噁心。

還記得三年級的時候一位朋友帶著我看過一個網站，裡面全是外國的男人女人光著身子，在做些我所不能理解的運動。那些天的晚上，每當我閉上眼，眼光里便反复浮現著女人的乳頭和下體，想到無比反胃時便會嘔吐。

父母知道我腸胃不好，那段時間逼我吃了很多的腸胃藥，我便吐得更厲害。後來這些女人的影像淡了，我的身體也逐漸恢復正常了。

回到正題。在我和父母告別前最後一件事，我從父親的衣櫃裡翻出來這個看著很成熟的包，墨綠色，顯得有幾分深沉。我用這個墨綠色的包換掉了我小學用的兒童書包。

然後我便踏上了去往校園的路。

當晚的北京城燈火輝煌，我坐著特八路雙層巴士穿行過東三環的高架橋，看著最近剛剛重建完的「大褲衩」，無數的鋼鐵大廈在他們金黃的燈光下舞蹈。這條路我走過太多遍，卻叫不出這些樓的名字，只覺得他們好看。

車也不堵，我很快就到站了。新學校很大，一進學校，路邊便飄來深夜的桂花香。我慢悠悠走到宿舍，跟新同學打了招呼，收拾利落床鋪，便和他們聊起天來。那晚沒人睡得著。

我有兩個室友，他們都待眼鏡，看上去是很聰明的人。

其一是我的下鋪，他剃著一個平頭，又白又瘦，像個和尚。

另一位怪裡怪氣的，說話娘娘腔。

次日，學校開學了。我賣了罐兒牛奶，然後就去上課了。

我們的班主任是數學老師，從外省來拿北京戶口的，他看上去五十上下，腦門特別高，一口山東口音，自我介紹的時候一直面露和藹慈祥的微笑。

英語老師信佛，講了很多佛教知識給我們。她的英語還算標準，偏英式，磁帶味兒。老師大概如此。有意思的是我身邊的同學，我那個娘娘腔的室友坐在我的左手邊。他就沒聽過老師講課，而是在手底下悶頭畫著什麼，邊畫邊拿袖口抹鼻子，還湊到紙面兒上去聞那墨水的怪香。他這一畫就是兩節課。我好奇他畫的是什麼，就湊到他跟前兒去看，竟是一整張手繪的世界地圖。

我心裡很是欣賞娘娘腔，但他不怎麼搭理我。

我的另一個室友，我管他叫下鋪，坐在我的右手邊，他也不是一般人。從第一節課開始他就專心聽著老師的每一句話，他比娘娘腔還悶。昨天的夜裡下鋪像是把這輩子想和我說的話全說完了，開學這天起他便不搭理我了。下午的學前測成績一出，他穩居第一。

開學第一天的最後一堂課是班長競選。我注意到有一個男孩和我一個姓，他叫林哲英。林哲英是第一個上去競選班長的人。他長得很帥，是個南方人。他在台上演講的時候，班裡很多女孩盯著他看。我也盯著他看，覺得他身上有種說不出來的魅力。

可惜他後來落選了，班長由老師決定，他把這個資格給了學前考第一的下鋪。林哲英最後當上了英語課代表。

我也選上了一個職位：衛生委員，因為我喜歡乾淨，而且這個職位沒人跟我競爭。

後來的每一天早上，我和林哲英都是最早來到班裡的兩個同學。他會抄幾個單詞到黑板上，寫在課表的右邊。我則每天早上掃一遍地。我們每天都會打招呼。

一開始他抄的詞，我還認得出幾個，後來就離譜了。

不知道哪天早上，他一口氣抄了二十個「a」開頭的單詞，沒一個我認得。

我放下掃帚，問他第一個單詞是什麼意思。

林哲英跟我講：「abandon這個詞，指拋棄，放棄，也有墮胎的意思。」

我說這詞看著也太難了，問他每天記這東西有什麼用。

他說，他現在開始每天要背大概五十個單詞，就是這本紅寶書裡的一章，因為他明年要考托福了，他打算去英國念高中。

我不知道林哲英在說什麼，他又給我解釋起了托福是什麼。

「托福是一個英語考試，考好了我就能去英國念高中。我媽怎麼說呢，她有點崇洋媚外。她一直想讓我去英國讀書。她經常跟我說，她是老師，我爸是醫生，放到國外那都是最受人尊敬的職業。哦對還有一點，我沒有北京戶口。」

我又問他：「我能跟你一起背這些詞兒嗎？」

他說：「當然成啊，我正愁沒有人陪我，一個人背容易放棄，沒動力。」

「可是這些詞兒對我來說太難了。」我說。

「我覺得你可以先背高中單詞，把高中的三四千個先背完。你去買這本書。」林哲英回復到。

他寫了個紙條給我，上面是一本高中單詞書的名字。

我接過這個紙條，跟他到了謝。

後來的每一天早上，我都會背十來個簡單的高中單詞，林哲英則讓我檢查他當天剛背的一章紅寶書。

我和林哲英就這麼成了朋友。

我們走得越來越近，成了固定一起吃午飯的那種朋友。同時還有另外一個人是我們午餐桌上的常客，就是我的娘娘腔室友。

娘娘腔總會講些奇怪的故事，比如希臘神話裡的近親通婚，前蘇聯的秘密核試驗。他知道許多我們其他人都從不關心的話題。

週五的下午我會跟林哲英在校門口的公交車站等車。

林哲英的父母都在福建，而他一個人寄宿在北京的舅舅家，他是個走讀生，每天都要在這裡等公交車回家。我則在每個週五回家。

有一次在等車的時候，我跟林哲英講了很多我小學的事情，那些男孩扒我的褲子，用字典猛砸我那裡。連女生也欺負我，把我摁在女廁所的角落給我塗口紅。林哲英聽得直樂。

我們一邊聊天，一邊等了很久的車，但車卻遲遲未來。夕陽西下，陽光灑在我們身上，我感到很快樂。

那個公交車站前有一架不讓通車的橋，看起來已經修好，但一直有護欄圍著。

我問林哲英，橋的那邊是什麼，他說：「我不知道。」

我也不知道。

林哲英突然跟我說，他覺得他喜歡上了一個女孩。

我問她是誰，林哲英說是隔壁班那個每天都梳長馬尾的女孩，她的名字叫蘇芸。

我不記得有這麼一個人，又問：「你打算怎麼辦，追？」

林哲英說：「我不知道，試試吧。我覺得她挺特別的。」

我們沒多說什麼，我的車此時也到站了。

我上了車，和林哲英道了別，看著他遠去的背影和不遠處的橋，思緒在夕陽中逐漸發酵。我困了，便打了個盹。

後來林哲英就和那個女孩在一起了。林哲英管那女孩叫青蛙，那是他對她的暱稱，我則仍稱呼她蘇芸。蘇芸要去美國唸書，也要考托福。她和林哲英很般配。

他們二人的生活似乎沒有什麼現實上的交集，但是同學們都知道他們是情侶了。林哲英還是照常和我一起背單詞，吃飯，踢球。那個女孩則天天在攝影社擺弄她的照片。生活還是日復一日得進行著。

說到和林哲英共處以外的時間，我幾乎都在看些獵奇的小說，比如娘娘腔推薦的克格勃女特工，那本書裡的故事似真似假，撲朔迷離，讓人捉摸不透，比讀四大名著可有趣多了。

我因為看課外書入迷，很少聽老師講課。但享受這種自由特權的前提是我在課內的成績不能落下，不然不聽講的話，老師一定會來找我麻煩。

娘娘腔就是一個反面教材，他上課不聽講，總在畫畫，又因為他成績每次在班裡都是最後幾名，老師上課總是使勁盯他，後來乾脆說死了，禁止他在課上畫畫。

林哲英喜歡上課背單詞，我喜歡上課看課外書，索性我們兩個成績都不錯，尤其林哲英，次次班裡前三。我們倆都還沒被老師找過麻煩。

一年很快就過去了，夏天又一次到來。

初一的期末考試，林哲英突然性考了年級第一，我那位穩居年級第一的下鋪室友終於被打敗了。

我自然為林哲英感到很高興。他也為我高興，因為我也考在班級前五名里。

於是出成績的那天，我們翹了課去踢球，踢了整整一下午。

那天下午的天很藍。我們高興地踢球，一直踢到汗水把衣服都浸濕了，我們便把上衣脫了接著踢。我們再流汗就等一陣清風來把身子吹乾，後來太陽把我們的皮膚都曬疼了，像兩塊兒被擰乾的抹布，流不出一點兒汗來了。踢到力竭，我們兩個就躺在草地上，看著藍藍的天傻笑。

我問林哲英，考完期末了他打算幹什麼。

他說：「接著準備托福嘍，真的好難啊，我實在太不努力了，總幹不完該干的事兒。」

我踹了他一腳讓他閉嘴，他罵著髒話拿球砸我。

後來我們又踢了一會兒球，然後去到球場邊的水池沖涼。

太陽暴晒著，我們覺得涼水也沒有那麼涼，自來水也都將就著喝掉了。

我們穿上差不多晾乾的校服往宿舍走。

路上林哲英突然問我：「你覺得青蛙她怎麼樣？」

我說：「感覺你們很少花時間在一塊兒，你喜歡她哪裡？」

林哲英說：「我也不太清楚，她挺漂亮的，而且我們經歷也差不多，挺有趣一個人。」

我說：「有一說一，我覺得她長得一般，她有點胖。」

林哲英瞪了我一眼，提醒我說話有欠妥當。

我真誠地看著他，但沒有道歉。

他又說：「好吧，其實我也覺得她長得一般，確實有點胖。」

我說：「但她確實和你挺相像吧，你們都要出國。」

他說：「其實也沒那麼像。」

我說：「那你還喜歡她嗎？」

他說：「就先談著唄，反正也沒什麼壞處。」

我們關於青蛙的談話到此為止。路過小賣部的時候我們各自買了兩瓶可樂，我們一口就悶完了。

林哲英給自己買了一包MM豆，給青蛙也帶了一包。

他又回班裡把剛讀完的那本《了不起的蓋茨比》拿了出來，叫我跟著他把這書給蘇芸。

然後他就去了蘇芸的教室，在班門口當著所有人的面把她叫了出來。

班裡有人吹著口哨，大部分人只是抬頭看了一眼，就又回過神來低頭看書。

林哲英把MM豆和蓋茨比給了青蛙，然後就走了，路上我們只笑了笑，什麼話都沒說。

考完試之後的校園生活不可避免有幾分懶散。身邊的許多同學彷彿都像變了一個人。

那些平時只低頭唸書的人也偶爾抬起頭看看窗外。那些平時不笑的人也時不時笑一笑。有些不愛說話的開始開起了玩笑。我也頭一次聽見我的下鋪室友罵髒話。

然而林哲英仍然是按部就班地為他的托福考試做著準備。紅寶書他已經背到了第三遍，現在他每天都在讀些原版的英文小說。

我的高中三千詞也終於快背完了。

我問林哲英我接下來該做些什麼，他說可以背他的紅寶書了。

他把紅寶書給了我，我卻幾乎一個詞都不認識。

我說有沒有點簡單的。他說開始背就不難了。我說我實在沒動力。他想了想，又建議我可以隨便看點英文的演講或者聽點英文歌。英語聽力也很重要，就算我不出國，中考也要考的。

說罷，林哲英就帶著我去圖書館借了本英文演講的書。我把它放進了書包裡最靠前的那個夾層。

放假之前的最後一個上午，老師安排期末考年級第一的林哲英和並列第一的一位女同學做演講。

那位女同學我不曾認識，是別的班的人。她首先上去演講。

她說：「我很喜歡看書，尤其是課外書。」

後面她講了許多她看過的書，隨著她介紹的書名越來越多，她的語速也開始加快，我開始跟不上她的節奏了。

我依稀記得她演講的最後一段話：「我讀書讀得也很仔細。就比如水滸傳裡的人名，我可以從這個演講大廳的東頭默寫到西頭。」

台下開始有人竊笑。老師則皺起眉頭，示意那些人安靜。

「還有英語原版書籍，我會把不認識的每一個單詞查清楚。我希望同學們也可以多讀書，並且認真仔細地讀。讀書令我受益匪淺。謝謝大家。」

演講結束後，這位女生在聽眾們禮貌的鼓掌聲中，面無表情地走下了台。他的父親在台下迎接著她，面露著無比的驕傲笑容。

他難以遏制內心的激動，接過女兒的話筒補充道：「小升初的時候，四中錄取了我們家孩子，我們都沒去。」

「我們後來選擇來這個學校，就是因為孩子看中這個學校的氣氛好，很自由，能讓她讀自己喜歡的書。謝謝各位老師，更謝謝各位領導，給我們家孩子這個演講的機會。我做家長的真的很自豪。」

接下來是林哲英的演講。

他有些緊張，折騰了好一會兒，大屏幕終於亮了，他開始播放自己準備的幾張幻燈片。幻燈片的首頁是一張電影的海報，那部電影叫《我是第一名》。

林哲英說：「我這次很巧合考了第一名，有很多人需要感謝。」

他說：「我的媽媽是一直鼓勵我的那個人，她從小就重視我的教育，我很相信我的媽媽。她在外地做一個老師，我們很少見面。但是我要感謝她對我心理上的陪伴。

「這個電影裡的男主角就是受到他媽媽不懈的鼓勵，得了一次第一名。我覺得這個電影裡的情節和我這次的經歷很像。」

後來他講了他媽媽的故事，說他媽媽信奉上帝，他覺得母親對上帝的信奉，和他對母親的信賴是很相似的。

這時他放下了演講稿，可能是即興發揮，他說到：「我從來沒想過我會得年級第一。但我心裡一直有一個很明確的目標，就是要去英國念高中。我想這次年級第一是我向這個目標靠近的路上的意外的收穫吧。」

他最後說：「同學們也都有各自內心的目標，追求下去吧，我相信努力都會有回報的，我們一起加油！謝謝大家。」

我站了起來，用力為他鼓掌。

次日，初中的第一個暑假拉開了帷幕，那是一個難熬的夏天，北京格外得炎熱，人們都蝸居在家吹著空調，家家戶戶的電費都在燃燒，霧霾不斷，街上的鳴笛聲也不斷。

我卻清閒了下來，回到家裡，把作業和課本都放到了一旁。

每天早上，我都會去讀林哲英推薦給我的演講書。

我甚至背下來了許多我喜歡的橋段。

其中最令我印象深刻的就是馬丁路德金的《我有一個夢想》。

我在優酷視頻網上翻看他的演講錄像，模仿裡面的每一句話。我看了可能有幾十遍，最後我可以流利地全文背誦這篇演講。

雖然我對美國歷史沒有什麼了解，但我覺得馬丁路德金吐露的每一個單詞都是無私的，都是真誠的，並且充滿力量。我感覺，馬丁路德金演講時的那種魅力，和林哲英演講時的魅力有相同之處。是這種魅力使得他們受到歡迎。當然，馬丁路德金所受到的歡迎具有更偉大，更廣泛的意義，但林哲英受到的歡迎也是一種成功。某種層面上，我甚至更加渴望林哲英的魅力。如果我可以選擇，我希望自己可以成為林哲英而不是馬丁路德金，林哲英所受的歡迎與苦難無關。

至於他們各自擁有的魅力的相似之處到底是什麼，我猜是因為他們都有夢想吧。

電視上的早間新聞播放著關於奧巴馬連任大選的進展。馬丁路德金的夢想似乎都被實現了。

我的夢想是什麼？我在追求什麼？我不知道。自由之於我的意義是什麼，誰是我的上帝，我亦沒有答案。

我看著窗外密密麻麻的居民樓房，風扇嗡嗡作響，今天又是霧霾天，炎熱焦躁，連雀鳥都無力飛行在空中，只趴在窩裡打著盹兒。我癱在窗台前的懶人椅上，吹著空調喝著可樂，腦海中縈繞著馬丁路德金的最後一句話：

「Free at last, free at last, thank God almighty, we are free at last.」

這時我的QQ聊天框裡收到了林哲英的消息：「最近有沒有空，等天氣好了，一起去798玩，我和青蛙一起。」

我立刻答應了他。

我還從來沒去過798，印象裡那是大人才會去的地方。和父母打好了招呼之後，我便開始等一個晴天。

三

蓋茨比

後來不記得過了多少天，晴天總是沒來，北京的霧霾似乎一直在那裡。有的時候新聞報導說空氣質量是五百多，有的時候會好一些，只有一百多。但不管具體的數字是多少，那段時間天總是灰濛蒙的。

其實無論是霧霾天還是陰天，只要待在家，什麼樣的天氣和晴天也沒什麼不同。但每當天氣不好的時候，人們在網上和生活中的抱怨便隨著壞天氣一併鋪天蓋地般得彌散開來。霧霾成了壞心情的載體，隨著空氣污染也不可避免得一起散步到大街小巷上去了。

父母也會時不時皺著眉頭抱怨壞天氣。

而我是喜歡霧霾天的，因為霧霾一嚴重就會連著停課，同學們都像抗戰勝利了一樣慶祝。

有一次復課之後，我記得語文老師憋著悶氣跟我們講：「就北京這點霧霾也算霧霾？我在濟南的時候坐公交車，連門把手在哪我都看不到。你就說那開車的視力得多好。北京這才哪到哪啊。不是我說，但你們這一代人確實太嬌慣了。」

語文老師除了教語文課一職以外，同時也是我們年級的年級主任。她是出了名刁難學生的，違反紀律的學生，還有膽敢挑戰她權威的學生，就如同她的眼中釘。我對她的話總是打個問號，但卻從不敢真的問出聲來。

話說回來，現在放了假，霧霾最後的一點好處也沒有了，我只希望晴天快點到來。

突然有一天，晴天措手不及得來了。而且晴得厲害。我和林哲英還有蘇芸確定了時間，就定在今天去798了。

我穿上了出門的夏衣，找父母要了些零錢。和父母打好了招呼，我便出發了。

我坐著不熟悉的巴士線，車窗外人來人往，人們看著萬里無雲的藍色天空似乎都很高興，太陽照在他們臉上直反光。街道，行人，樓房都在閃閃發亮。夏日的清風乾燥卻不傷人，感覺像是把人們多日積壓的晦氣和苦惱都一掃而光了。

我很快便到了和林哲英相約的地點。

蘇芸已經在那裡等待，林哲英還沒來。

我主動過去和蘇芸搭話。她手裡拿著放假前林哲英給她的那本《了不起的蓋茨比》以及一台相機。

我問她這書好看嗎。

她說她很喜歡。

我說：「林哲英推薦的書應該都不差。」

她說：「畢竟是美國文學的經典，我以前看過中文，這次看了一遍英文，感覺更真切了。」

我不知道怎麼回复她，她也不和我搭話了。

這時林哲英姍姍來遲。

他解釋道：「今天出門的人太多，路上好堵，不好意思。」

我和蘇芸都沒介意。

林哲英提議：「我們去星巴克買杯咖啡吧。」

蘇芸表示贊同，我還從來沒去過星巴克，想嘗個新鮮，就跟隨著他們一同去了。

林哲英問我想要什麼，我說和他一樣就行，他便為我點了一杯同樣的美式咖啡。

蘇芸自己點了一杯卡布奇諾加了兩份香草糖漿。

我們點完咖啡，選坐在了靠窗的桌子旁。

我嚐了一口手裡的美式咖啡，便不願再喝第二口了。咖啡的味道我的確不熟悉，但記憶裡也不至於這麼苦，確實難以下嚥。

我抱怨到：「這咖啡也太苦了吧。」

我們邊喝咖啡，邊聊著些生活中瑣碎的事情，這些天都在家乾了什麼，暑假有什麼打算。

我說：「我就躺在家裡看電視，不知道要做些什麼，感覺時間浪費了很多。」

林哲英和蘇芸也說，他們最近也很怠惰，感覺缺乏動力幹任何事情，不過總歸都在準備出國的事情，要學英語，看書什麼的，不至於閒著。

聊天的中途，蘇芸把《了不起的蓋茨比》還給了林哲英，說她已經讀完了。

蘇芸說：「我很喜歡這個故事。但是我不喜歡蓋茨比。我覺得他的行為有點匪夷所思，他的人格有些奇怪。不過我挺喜歡黛西的，書裡似乎把黛西刻畫成了一個小人，但如果我是黛西也會做和她一樣的決定。她很真實。」

林哲英既沒有表示贊同，也沒有反對，只說：「蓋茨比太理想主義了。」

我聽不懂他們在說什麼，這本書我沒看過。我呆呆得在一旁看著窗外，大口喝咖啡。

這時林哲英說：「這美式咖啡也太苦了，我得去加點糖。」

然後他拿了十幾袋白糖，給我分了一半。

我謝過了林哲英，又恨自己不知道可以加糖，趕緊補救，把白糖一袋袋撕開，使勁往杯子裡攪拌。

「接下來你們想去哪？」林哲英問我們。

我說哪裡都行，沒怎麼來過798，不太清楚該干什麼。

蘇芸說她聽林哲英的。

林哲英說他也是第一次來，沒什麼主意。

「再坐一會吧。」

我們最後決定。

平日里我厭惡校園生活的單調，看慣了平日里穿著校服的同學，但此刻眼前沒了課桌和作業，我卻一時間無所適從。

蘇芸和林哲英又聊了這些書那些書的話題，我插不上話，腦子卻怎麼也無法放空，便觀察起這咖啡店裡形形色色的人。

對面的桌子坐著兩位打扮精緻的婦女。她們似乎是韓國人，一會兒說著韓語，一會兒又說著流利的中文。

除了兩杯咖啡，還有兩個精緻的小包擺在她們身前的大圓桌上。

其中瘦些的女人講到：「這段時間兒子去美國的夏令營，我一個人在望京好寂寞，謝謝你出來陪我噢。」

胖些的女人回复她說：「兒子有出息，起碼讓你放心啊。我們家的那位成天不知道在做些什麼。不知道他以後靠什麼吃飯。」

瘦女人打趣到：「你兒子不行就靠你吃飯嘍。你那麼會買房。」

胖女人忙用手掩面，情不自禁得笑了起來：「哪有哪有。沒有你丈夫會買啊。」

瘦女人又說：「但說真的，我認識幾個很不錯的私人家教，我推薦給你，孩子的教育還是要牢牢抓住的。」

她們聊著似乎永遠說不完的話題。

這時胖女人無意間和我的眼神產生了交集，我忙轉移開視線。

與此同時，幾個和我們年齡相仿的女孩從我們桌前走過，她們正為了林蕭和顧裡誰更漂亮這個問題爭執得熱火朝天。

我被這群女孩分了神，對胖瘦婦女的聊天也喪失了興趣，便提議說：「天氣這麼好，不如我們到外面去隨便轉轉吧。」

蘇芸和林哲英都表示贊同。

我們便開始在碩大的798藝術園區悶頭瞎轉。

一開始我們遇到一個店鋪就進去看看。有一個專門賣陶瓷的小店裡面有各種色彩玲瓏的精緻小件。我挑中了件白瓷的龍頭掛飾，看了看價標，便又放了回去。

林哲英問我有什麼想買的嗎，我說沒有，林哲英也說沒有。

我們還進了一家賣唱片的店，一家賣畫的店，可是我們什麼都沒買。後來我們乾脆只看看每家店的門面，不再進去了。

蘇芸無意間看到一家賣相框的店，於是進去瞧了瞧。

我和林哲英都沒進去，只在門口等她。

她挑了很久，最后買了一個小的金屬相框拿在手邊。

逛到了中午，我們有些餓了，便尋找起餐廳來。798裡的餐廳到處都是，卻似乎沒有一家符合我們的心意。我們在每家店的門口翻著各式各樣的菜單，最後吃了家樸素的日本拉麵店。

拉麵沒什麼味道，也不怎麼好吃。我們吃完飯又在798閒逛起來。

在一個不起眼的拐角，我們看到了一排五顏六色的人像。

這些人像很高，起碼有個兩米多。說它們是人像，不過是沒有手腳的空心柱子，這些柱子頂端露出個腦袋，所以說是人像。

為什麼能看出來是空心的呢？因為每個腦袋都張開著大口，筆直衝著天，彷彿在咆哮。

我上去錘了錘這些柱子，確實是空心的。

彼時我們看著這些空心大柱，紛紛笑了起來。

我湊到林哲英耳旁，悄悄說：「這些柱子長得真像陰莖。」

又調侃到：「你們說這會不會是垃圾桶啊？」

蘇芸也忍不住跟著笑起來。

「不如我們一起在垃圾桶前面拍個照吧。」她說。

我們便叫路過的人為我們三個拍了一張合影。

我們學著垃圾桶的樣子，張著嘴衝著天，但我們沒有出聲。

時間過得很快，我們也走累了，各自也要回家找父母吃晚飯。

林哲英突然想起來，午飯的錢是他墊付了。我們便開始回憶各自午飯花了多少錢。我數了半天手裡的零錢，然後一併給了林哲英，也不知道最後算沒算對。

臨走前林哲英跟我們說，他要回福建老家看看父親母親，開學才能再見了。

我和蘇芸都很不捨，卻只像平時上下學一般簡短得告了別。

「那開學再見。」

「開學見。」

回家的路上起了烏雲，陽光藏起來了，大街上，行人們的臉上，高樓大廈上的那些閃爍的白光也一併藏了起來。沒有霧霾，但天卻灰濛蒙的。

我上了回家的公交車。

列車員一遍遍得重複著她的工作口號。

「上車刷卡，無卡乘客請買票。」

我看著她重複地賣著手中的紙票。

一波又一波新的乘客一趟接一趟得走過，但她仍在那個小方格里站著賣票，喊著相同的口號，一遍又一遍。

過了幾站，我終於等到了空座，我想趁機打個盹，卻怎麼也沒有睏意。

那天的夜裡我也睡得很淺。

晴天沒有能持續下去，第二天早上，霧霾又回來了。我也重新開始往復我平常的生活，讀一點演講，寫一些作業，吃飯，睡覺。

自和林哲英在798分別以來，暑假的日子裡我們鮮有聯繫。林哲英給我的演講書，我堅持看了幾篇便放到了一旁。不是說那些演講不好，只是林哲英不在身邊，我好像瞬間喪失了某種動力。總之，我突然對那些英文的演講失去了興趣。

我開始沒日沒夜的踢球，一閒下心來便到附近的大學裡跑步，帶著球繞著操場一圈一圈得跑。

天氣不好我就帶著口罩，只射門不跑步。天氣好我就多跑一跑。練到累為止。

我好奇平時人們為什麼只順時針得跑，逆時針跑有什麼不一樣嗎？

後來我發現逆時針跑沒什麼不一樣的感覺，於是我開始習慣性地逆時針跑。

練習射門的時候，我又開始好奇，平時為什麼人們都是用右腳射門，用左腳射門有什麼不一樣？

這次我發現左腳射門確實比右腳射門彆扭一些，但我的右腳射門一樣很爛。

索性我就專注左腳，只用左腳射門。

這樣的訓練我堅持了一個月，感覺自己越跑越輕鬆，射門也越來越精巧。

我開始帶著沙袋跑步和射門。這樣的負重練習我堅持了另一個月。

我的食量也因為運動的緣故劇增。每天都像一頭熊一樣猛吃。

等到快開學的時候，我的大腿粗了一圈，上半身也結實了許多。

在開學前不久的一個晚上，我站在草地上，感覺身上有使不完的力氣。恰逢晴天，我索性摘掉了沙袋，然後心裡想著，就這麼一直跑，跑到累為止。

我從家門口的大學出發，一直跑到了五公里外的學校。但我意猶未盡，沒有精疲力盡的感覺。於是我又接著繞著學校周圍熟悉的街道瞎跑了一會兒。

後來我跑到了學校的車站對面，看著那座封閉的大橋。

大橋入口處的圍欄很簡陋，從大橋的外觀上看，也已經可以通行了。橋很長很寬，橋的頂峰也很高，走上去一定能夠看到這個城市最美麗的夜景。我也渴望知道橋的那邊到底是什麼。

我在橋邊駐足了片刻，可最終還是怯懦了，我沒敢上橋，反而掉回了頭，朝家的方向跑去。

那晚我一共跑了十多公里，第二天早上我的腿幾乎失去了知覺，我順勢睡了一整天。

暑假最後的幾天我也沒再去跑步，也沒有踢球，取而代之的是我欠了一個多月的暑假作業。我慶幸自己的腦子還算靈光，很快我就補齊了。

暑假就這樣結束了。

新學期伊始。

林哲英從福建趕回了北京，開學後的他有些變化。他依舊是那個學習優異，上進的男孩，只是他的話變少了，也不像原來那麼愛笑了。我常常會挑幾個克伯格女特工裡的黃色情節逗他開心，可他逐漸也對這些荒誕的故事失去了興趣，只應和著笑一笑，便又回到自己的那個小桌子上看起書。

有一天中午，我沒去和林哲英他們踢球，自己一個人去了圖書館，把克格勃女特工的書還了回去。還書的時候我的心裡有些不安，萬一哪天被人發現了這部書裡的內容，讓學校銷毀了這本精品，我一定會很傷心的。

但我是時候和這本書做個了結了。還了克格勃，我借了一本新書來看，就是那本《了不起的蓋茨比》。

那是本很短的小說，我花了一周的語文課，就把這本書從頭到尾讀完了。讀這本書的時候，我會忘掉自己的時間，彷彿生活在了二十世紀的紐約。我就像站在敘事人的身邊一樣，體會著他語言的真誠與親切。但我也體會到他的消極，他亦不在乎我的感受。他參與著，宣洩著，卻也是一個純粹的旁觀者，像我一樣，因為他什麼也無法改變。

「可憐的蓋茨比。」

某天夜裡，晚自習上到一半，我感到胸悶透不過氣，便到花園裡去散心。月色靜謐，花叢裡有幾株有些凋落的玫瑰，在末夏的月光下飛舞著最後幾片花瓣。花叢旁有一處池塘，池塘里的烏龜半藏在水中，在青石板上一動不動得趴著，露水偶爾打在它的殼上，不時傳來滴答的水滴聲。

誰不愛這夜色，誰又不愛嫵媚的玫瑰呢。肥沃的土壤孕育了一株玫瑰，但當另一片沃土變得更誘人，那裡的月色變得更香甜時，玫瑰便又生去在了那裡。那原本最初的玫瑰便將那最初孕育他的土壤完全得拋棄了。

我透過圍欄，又看到了學校旁那座封閉的大橋。橋的那邊是長島的邸府還是布魯克林的貧民窟呢。我不敢知道，只能心存敬畏。

我摘了一朵花叢裡的玫瑰，把它的花瓣夾在了蓋茨比書頁裡，遮在凡人們總會重蹈的覆轍上。

後來的幾天，我開始嘗試閱讀更多中文版的英美文學。蓋茨比之後，我看起了狄更斯的《遠大前程》。我開始慢讀起來，把喜歡的句子查到對應的原版英文，抄寫在小本上，在入夢前我會去回讀這些我喜歡的句子，睡得也更香甜。

後來有一次英語課，老師居然為全班同學打印了我的英語作文。

「Suffering taught me to understand what my heart used to be, so I beat on, boats against the wind……」

前半句是抄的狄更斯，後半句則是菲斯杰拉德。

英語老師念誦著我的作文，一邊讚譽著：「同學們你們仔細看看，寫得多美啊。」

林哲英和我都忍不住笑了。

快到學期末的時候，我終於讀完了那本厚重的《遠大前程》。那天中午，我便想要在食堂和林哲英討論這本書。

可我卻想不出來說什麼。《遠大前程》雖然情節跌宕起伏，我著實喜歡，但卻不覺得比蓋茨比寫得好。我便沒有展開這個話題。

飯後林哲英叫住了我，讓我一個人到餐廳後面來，有事要單獨跟我說。娘娘腔便先走了。

我有些疑惑，問他有什麼事情。

他很嚴肅地跟我講：「我下週就要考托福了，我很緊張。」

「我還以為什麼事兒，你努力準備了這麼久，一定可以考好的。」

「真的很關鍵，容不得一點閃失，如果考得好，我下半年就可以去英國念高中了。」

「這麼快？」

我有些詫異。

林哲英這麼早就要走，我沒有準備。但我自然為他打著氣：「肯定考得好，苟富貴勿相忘啊。」

他說：「怎麼說呢，我也覺得一切都過得好快。但是也到時候了。」

他說著有些蹩腳的話，沒有正眼看我。

我們一起去小賣部買了點水果和冰激凌，在花園的小池旁乘涼。

後來的一周，林哲英每天都沉浸在自己的世界裡，一遍又一遍地看著那本翻爛了的紅寶書，做著成堆的練習題。

午飯吃完，他也會率先獨自離開。

我們沒有人敢打擾他。

兩週後的一天，我像往常一樣很早就來到了教室，打掃著課桌椅。

那天的朝陽很溫暖。金黃的地板上印著我淡淡的斜影，我如同置身於麥田中央。窗台像是被一層濛濛的光圈包裹著，彷彿世間的一切都受到了某種贊禮與保佑。

林哲英也來了。

他推開教室的門，我看見他眼裡有淚光。

他說：「我考了一百零八分，我有學上了。」

他衝了過來與我擁抱，把我的簸箕都弄撒了。

我也很激動，捶著他的背，說：「我知道你能行的。」

我問：「接下來你要做什麼。」

林哲英想了一會，說：「我不知道。」

那天，我的心思無法專注在學習上，老看著窗外發著呆。

等到夜幕降臨時，我心生了一個主意。

我跟林哲英說：「你看到學校外的那座橋了嗎。」

「當然看到了，每天都看。」他說。

「你想不想到橋上去看看？」我問。

「可那橋不是被圍欄圍住了嗎？」他說。

「可那橋早就建好了。」我篤定地講。

我們陷入了短暫的沉默。

「我們還是不要冒險了吧。」林哲英率先打破了沉默。

「好吧。」我說。

我再也沒跟林哲英提過橋的事。

四

土偶木梗

班裡的同學們陸續得知了林哲英即將出國的消息。

沒過幾天，老師不知為何撤掉了他英語課代表的職務，把這個職位移交給了一個我從沒聊過一句天的女生。課表旁邊也再也沒有那些令我恐懼的英語單詞了。

平日里那幾個時常找林哲英請教問題的同學也突然不再去麻煩他。

然而林哲英依舊是那個林哲英，我也還是我。我們仍是最早來上學的那兩個人。每天早上，他都安靜地坐在一旁看他的英語書。我則做著一成不變的掃除。

時間一晃便到了第二年的期末。

那天，期末統考的年級排名出來了。

初夏炎炎，同學們穿著整齊的白短袖衫和黑長褲，蜂擁著去看榜。

我擠在人群的前面，看到自己卡在了年級前五十的邊緣，不由得鬆了口氣，慶幸自己又走了一次狗屎運。

然後我從自己的名次開始往上捋，直到看到林哲英的名字，他得了年級第二。

我在人群中找著林哲英，發現他站在人群的外圍，並沒有往裡擠。

我指著他的名次那一欄，向人潮外的林哲英揮起手來，喊到：「林哲英，你考了年級第二，牛逼！」

我祝賀著他，身邊的同學卻向我投來鄙視的眼光，甚至有人瞪著我示意我閉嘴。我沒有理會他們。

林哲英看著我，微笑著向我會意。然後他退後了幾步，站得離人群更遠了。

儘管林哲英又取得了這樣的好成績，學校卻沒有再安排他演講。除了我和他平日里一起踢球的幾個哥們，也沒有人再去祝賀他了。

出成績之後的一天下午，我和林哲英踢完球，坐在觀眾台上休息，喝著可樂，看著夕陽落山。

林哲英突然跟我說：「我和青蛙分手了。」

這消息來得毫無徵兆，我雖然沒有預料到，卻並不覺得驚訝。

我問他：「為什麼分？」

「感覺沒啥意思了。」林哲英說。

「我覺得你一開始就沒怎麼喜歡她。」我說。

林哲英笑了笑，說：「可能因為她沒有那麼漂亮，確實有點胖。」

說完，他喝了一大口可樂。

「你們啥時候分的？」我問。

「來踢球之前，我送她去宿舍的路上，我把她給我拍的照片都還給她了。她也沒生我的氣，還祝我在英國一切順利。就這麼和平分手了。」林哲英說道。

「哦，那挺好的。」我說。

我們皺著眉頭，盯著夕陽死看。太陽變得格外的大，格外的紅，就像頂在我的鼻尖上，美的熾熱。

直到我盯得眼睛都花了，便忍不住罵了句娘。

我揉著眼睛，一邊笑，一邊問林哲英：「你去英國打算干點啥，泡個白妞？」

「放屁，老子是去那好好學習的。」林哲英踹了我一腳。

「那萬一碰見個你喜歡的，你不追？」我又問。

林哲英短暫思考了一下，說：「那確實可以考慮一下。」

他反過來問我：「你以後有什麼打算？」

我說：「我沒想好。我挺喜歡寫作的，但我沒你讀的書多，我也不知道。」

他說：「寫作挺好的，多讀書就行。」

「但願吧。」我說。

「那你有什麼近期的打算。」林哲英又問我。

我有些不耐煩地回答他：「操我哪知道，我今晚要幹啥我都沒主意。我不知道。」

此時的太陽變得平靜下來，那些刺眼的光斑像是被大氣全部吸收了，逐漸成了溫潤的暗紅色。

林哲英開始看著我的眼睛，我以為他要親我，我心裡咯噔了一下。但他沒有。

他仍然保持著嚴肅，說：「我們很多地方很像，我一直這麼覺得。」

「老子不是同性戀，你滾遠一點。」我說。

「我他媽也不是。」林哲英說。

他繼續說：「我跟你講認真的，我覺得你會有很好的前途。苟富貴，勿相忘。」

我說：「這話你跟我說就不合適了。」

林哲英說：「我說認真的。」

他莫名用堅定的眼神看著我，我不知道該怎麼回复他，突然想起一件事情，於是趕緊跑下了觀眾台。

「你幹什麼？」林哲英在觀眾台上喊著問我。

「我要給你一個東西，你等我一下。」我在草坪上一邊倒著跑，一邊笑著向觀眾台上的林哲英回答道。

我回到了教室，在我的位兜里翻出了那本狄更斯的《遠大前程》，然後又跑回操場。我看見林哲英正站在足球場的草坪上。

我跑過去把書給了他，說：「我這學期讀的一本書，我覺得寫得很好，書名也吉利，你要走了，算是一份小禮吧。」

林哲英接過我的書，說：「謝了兄弟。」

然後他抱住了我。

「是我該謝謝你，在英國一切順利。」我祝福著他。

清風吹走了我一身的焦躁，那天下午的夕陽很美。

暑假接踵而至，一個沒有林哲英的暑假。

今後的生活裡恐怕也都沒有林哲英了，我想。

我們的人生就這樣分茬開來。

或許有一天他會學成回國，那時我們會再次相遇。

那時他也許已經成為了一個威望的醫生，一個律師，或者是工程師，我想八九不離十。

很多個夜晚，我躺在床上的時候，便會回憶起林哲英和我告別那天時說的話。

也許我真的會成為一個作家。如果能成為菲茨杰拉德那樣的作家，寫些言簡意賅的作品，卻又不失浪漫情節，我想是最好的。成為狄更斯那樣的作家也不賴，多寫一個字便是多賺一分錢，故事寫得好聽，人們愛看便是。

巧合的是，就在林哲英走後不久，政府斥資建了一個巨大的公共圖書館，就開在我家樓下。

於是那個暑假，我一起床就去那個圖書館待著，讀些有的沒的的小說。圖書館裡的空調一直開著，在那裡我能待上一整天。

我讀到了歌德的《少年維特的煩惱》。

維特對愛的執念，那種莫名強烈的情感，一點點浸透到了我的內心裡。

我開始在夜裡感到空虛，彷彿我的頭腦裡住進了一個少年維特，他想釋放些什麼，彷彿任何外在的壓力便會呼之欲出，卻被某種內力不斷地壓抑著。

有一天夜裡，我閉上雙眼時，想起了那維特深愛的女孩夏洛特。她纖細的身材，姣好的面容，淑女的姿態，以及她的白衣和紅頭巾，逐漸清晰地在我的腦海中浮現，一下子又消逝得無影無踪。

我睜開眼，只覺得口乾舌燥，完全睡不著。我側躺在床上，看著窗外密密麻麻的格子樓，家家戶戶的房間裡燈光閃爍。車聲和人流聲在午夜的北京依舊不斷。我忙去關死了窗戶，拉上了窗簾。

身邊的空氣頓時安靜下來，但空虛依舊籠罩著我。我第一次失了眠。不知什麼時候才勉強睡去。

第二天早上，猛烈的太陽把我照醒，看鐘錶上的顯示，已是中午時分。

我的腦袋昏昏沉沉，隱約還覺得褲襠下面濕漉漉的。

我低頭一看，確實是濕的。

難道我尿床了？我都十五歲了，這不大可能啊。

後來我冷靜下來仔細一想，這才想明白——從那天開始我才真正算個男人。

我忙換了個褲衩，把這藏褲衩揣在書包裡，麻利地跑下樓，把這藏褲衩扔到了不可回收的垃圾堆里處理掉，然後向圖書館跑去。

那天我什麼書也讀不進去，就趴在桌子上睡了一天。醒來時，我感覺渾身酥軟，我的口水流了一桌。我竊笑，趕緊用袖口擦乾了桌子，又回家接著睡去了。

接下來的幾夜我都不再失眠，但一周之後，那種莫名空虛的感覺又再次降臨。我蓋著被子便會覺得焦躁不安，不蓋被子又覺得身體寒顫。

我在床上反复地打滾，一次與床單不經意的摩擦，我突然感到下體一陣快意。

不一會，那種快意一時間到達了一種不可控的境界。我感覺一陣暖流從身體的中央湧出，從下體突然迸射出來，一陣又一陣，伴隨著無與倫比的快感。幾秒鐘之後，這種非凡的感受便頃刻間煙消雲散了。

我的身子也不在燥熱，反而一陣清爽，渾身上下都感到無比放鬆，很快睏意便向我襲來。但我的內褲又濕了，手也是又粘又髒。我忍著困倦把內褲脫掉，用沒有被污染的地方把手擦乾，然後把那團髒東西一併甩到了垃圾桶裡。

後來的夜裡，每當我難以入眠，便用這種方式去解脫。

但隨之而來的是，我開始嗜睡，我的注意力也開始不那麼集中，圖書館裡的書我也不願意再看，我甚至不再去圖書館，只在臥室裡的床上度日。

我無法再對少年維特的煩惱產生同理之心，白衣紅頭巾的美麗少女夏洛特也無法再喚醒我內心當初那種新鮮而神秘的感覺。

我對一切感到無所謂。

不久後便開學了。

一切都沒什麼改變，我又回到了自己的那個小桌前，環顧四周，身邊還是一樣的那群人，只是同學們都變得格外嚴肅起來，我知道，這是初三學生應該有的那種狀態，我們要中考了。

老師們開始著重照顧那些平時學習最好的同學。

班主任找我的下舖談了很多次話，希望他不管中考的成績如何，都留在這個學校，以後高考為學校爭光。

班主任亦當著全班同學，無數次稱讚他學習上的造詣，直呼他作「北大苗子」。

除了身邊那些不變的人和事，有一點卻徹底的改變了，那就是林哲英不在了。

每當想起林哲英離開了這件事，我便不免有些失落，但卻沒有那麼失落。我似乎對身邊的一切都不那麼在乎了。

一天晚上，我回到宿舍，躺在床上便想睡。在我剛打算閉眼時，聽見下舖突然開始念經，是什麼斯是陋室惟吾德馨的詩詞。

我困得實在難忍，便沖他罵去：「你要是真德馨就閉上嘴，別打擾我睡覺。」

他只是笑了笑，沒搭理我，我也沒爭論。

可是他偏偏念得更大聲了。

「談笑有鴻儒，往來無白丁……」

我忍無可忍，大罵到：「我操你媽！」

他這才嚇了一跳，瞬間不吭聲了。

我卻睡意全無，兩步下了床，指著他的鼻子說到：「你愛詩是不是，老子今天陪你念個夠！」

我把上衣一脫，打開窗戶，端起他的書開始猛讀：「天將降大任於斯人也，必先苦其心志……」

直到宿管收到了投訴，來我們宿捨親手製裁我，我才罷休。

上床前我瞪了一眼這位愛詩的室友，示意他別再惹我。

他卻根本不怕我，反而笑話我說：「被老師抓了吧？活該。」

接著他又念起詩來。

我一是不想再惹麻煩，二是他的聲音也不再刻意誇張，在我的忍受範圍之內，於是我不再搭理他。

我本來對中考是不那麼在意的，反正我的成績一直也不差，留在這個學校裡還是綽綽有餘。但我現在確實想努力一把，把這個惱人的下鋪幹過去。

後來我便開始認真聽課，用心寫作業。我心裡憋著一口氣，也不再去碰自己的下體。我的精力也很快又充沛起來，事情做起來也有了乾勁。

我開始頻繁想念林哲英。如果他在身邊，我的生活一定會更充實一些吧。

我在計算機課上登上了QQ，和林哲英取得了聯繫。

計算機教室有些缺乏採光，梅雨季也多為陰天，教室裡總是有些昏暗。我依稀記得屏幕上的熒光閃爍。老師在教室裡來回巡走，我也時不時要切換屏幕，每一次打字都提心吊膽。

我問林哲英，在英國的生活一切如何。

他說他剛住進寄宿家庭，這家的房主對他也很好，還養了一隻可愛的拉布拉多犬。他開始主攻數學，偶爾也跟房主學著畫一手素描，問我最近過得怎麼樣。

我說我在準備中考。

他說他也開始了新的學業，一切都有些陌生，但他感覺自己適應得很快。

我能感受到他發自內心的快樂。

暑假的經歷和最近的心情，我卻不好意思向他袒露，只好默默留在心裡。我祝愿他一切順利，他也祝愿我中考順利。

這時計算機老師走到了我這一排，我趕緊退出了QQ，幹起正事來。

下課時，我關上了電腦。外面下起陰雨，房間裡一排排關閉的電腦不再發光，屋裡一片灰暗和寂靜。

我對林哲英的思念沒有因為那次的聯絡而得到太多的緩解。

我開始一個人吃午飯。一個人溜去小賣部買可樂和雪糕，坐在花園裡看著烏龜游泳，靜靜發呆。

上課的時候我也時不時會看向窗外。每當夕陽夕下，我便會想起那些快樂的踢足球的日子。

如今林哲英不在了，身邊的同學也因為中考在即，都不再去操場上運動，只悶頭做題，記那些不知道記過多少遍的文章和公式。我看著手里黑白的文字和枯燥的紙張，恨不得把他們全撕碎。

幸虧是梅雨季，天氣總不至於那麼乾燥，沒有給我浮躁的心情火上澆油，我尚且理智。況且每當我看看身邊的人，又很快能回過神來，投入到中考的大復習中去。我一遍遍地給自己洗腦：當下唯一要做的就是要把這些文字和紙張一點一點啃下來，就像身邊每個人在做的那樣。

後來有一天的語文課，老師帶著我們複習這三年學過的所有現代文。當老師講到我喜歡的內容，我自然會生情。例如魯迅的《從百草園到三味書屋》，總能讓我覺得自己現在所做的一切都有他內在的意義。正是因為這樣的真誠而有衝擊力的文字，我才有去前進的動力。

而當老師講到郭沫若的那篇《雷電頌》，我卻怎麼也欣賞不來，只覺得他的文字虛偽空大。每多讀一行都是對我內心的折磨。

不知道是老師感受到了我對這篇文章的不滿，還是郭沫若在天仙靈要和我對峙，語文老師突然點了我的名字。

她把我叫了起來：「林加德，你起來朗誦一下我剛分析的那段話。」

我自然不知道是哪段，畢竟我合著書呢。

她開始嚴厲地批評我：「『東君』那段，書都不打開，你能知道我講的是哪兒嗎你？也不知道你腦子裡成天想什麼呢。」

我忙去找她說的那段話：

「你，你東君，你是什麼個東君？……啊，你，你完全是一片假！你，你這土偶木梗，……我要把你燒毀，燒毀，燒毀你的一切……」

我一邊盯著這文字，一邊毫無語氣地干念。

我不明白郭沫若為什麼要重複這麼多遍的「你」和「燒毀」。在我看來他純粹是在浪費墨水，要麼就是他口吃。

顯然我的朗誦沒有令老師滿意。她沒有罷休，手插在了胸前，死神般盯著我說，命令我說：「再讀。」

我便又讀了一遍，相同的內容，相同的語氣。

班裡同學開始看向我，他們瞪大了眼睛，有些人害怕了起來，有些人則在笑。

語文老師依舊沒有放過我的意思。

「再讀。」她又一次說。

她的目光鎖死在我身上，像閻王一樣瞪著我。我卻一時間不怕死了。

我用同樣的語氣，把同一段內容又讀了一遍，語氣依舊幹戛：「你你你東君，完全是一片假，燒毀燒毀燒毀你的一切⋯⋯」

「林加德！你是不是成心！」

語文老師徹底憤怒了。她一邊沖我嚎叫，一邊把講台旁的鐵櫃子踹得轟響，又把書狠狠扔到了地上。

那些之前竊笑的同學有些忍不住了，直接笑出了聲。有個坐在我前面的女孩嚇得不行，一頭趴在了桌子上。

我則低著頭，靜靜站著，看著這段狗屁不通的文字，突然覺得一切都無所謂了。我就在那里站著，心情放空。

語文老師開始向我走近，她指著我的鼻子，怒目圓瞪，一手搶過我的書，指著上面的字，又指了指自己，說：「你就把我當土偶木梗，你看著我的臉，你讀，你罵我，能不能朗讀出你的情緒？」

我突然一愣，有些不知所措，那種內心無聲的抗議瞬間顯得沒有了力度，但我確實是念不出這段話裡的感情，我做不到。

我抬起頭，向語文老師坦白到：「老師，我真的念不出來感情，您不是土偶木梗。」她愣住了。我趁她暫且無言以對，把她剛扔到地上的書撿了起來，還給了她。下課鈴聲也在此刻響起。

她沒有再多難為我，便讓我坐了下來，同學們也按時下了課。課雖然下了，我卻坐不下身。我想起林哲英，他正在學著新鮮的數學理論，畫著拉布拉多犬的素描像。

「中考，考個屁。」我一邊想著，一邊把《雷電頌》的那幾頁課文從書本上撕下，揉作一團，扔到了垃圾桶裡。

五

少年維特

「距離中考還有一百五十天……」

每一間教室的黑板上無時無刻不寫著這樣的倒計時。學生們時刻緊繃著弦儿，彷彿真有一個時鐘在頭腦里分秒走過。

而我的那塊兒鐘卻斷了電。

我不再去記什麼《紅岩》裡的情節，《水滸傳》裡誰和誰的關係。我不在乎，也不覺得有什麼可在乎的。

語文老師的課我只是裝作一副專心聽講的樣子。聽到愛聽之處就仔細聽聽。比如《范進中舉》的故事就給我刻畫了一個栩栩如生的落榜生的形象，我看得津津有味。但當老師講到我不喜歡的內容時，我就偷偷翻看書頁裡夾著的課外書。

這種耍小聰明的行徑，自然逃不過語文老師的法眼。但是自從上次《雷電頌》的衝突之後，她似乎懶的再刁難我，乾脆選擇無視我。

我也不蹬鼻子上臉，偷看就是偷看，我盡量不讓別的同學發現我的小動作，以免影響他們的備考狀態，傳染我叛逆的情緒。

因為我在語文功課上的自暴自棄，我的語文成績一次比一次低。試卷上那些默寫課文，文學常識的題，我大多都答不上來。

儘管如此，語文老師也不請我喝茶，上課也不再點我的名字，她在言語溝通上徹底無視了我。可她在評分的時候總是重拳出擊，我的語文分愈來愈難看，幾乎到了不及格的地步。

後來每次模考卷再發下來，若是分數不合我的心意，具體的細節我看都不會看，就直接扔到垃圾桶去了。

相比較之下，對於那些理科的課程，我卻饒有興趣。可能是與生俱來的天賦，我學理科既不覺得枯燥也不吃力。大部分的公式和科學常識我看了便懂，也覺得這些知識確實和自己的生活息息相關。

語文和理科的分數均衡下來，我的統考成績總在不上不下的位置，沒有哪個老師找我麻煩，我就這樣在班裡一邊混著成績，一邊讀著自己喜歡的書。

儘管這樣，我依舊感覺自己被某種力量壓抑著。許多平日里習以為常的場景，突然令我心生厭倦。

比如每當我夜裡回到寢室，聽著下舖朗誦背讀那些拗口的文言文和文學常識，我便很難入睡。
一次月考的成績下來，下鋪又考了年級第一。自從林哲英走後，每一次年級第一都被下鋪斬獲了。
林哲英走後，下鋪的日子如魚得水，他最大的競爭對手自我瓦解了。
而我卻像失了魂兒。
那段日子我寢食難安。彷彿有一個拆了線的冒險團突然一點點在我心中打開，逐漸散開成了一團亂麻。心結打成了死結，我完全沒辦法解開，只能一把火燒去。
當我坐立不安無法入睡時，就會悄悄跑到宿舍樓的樓頂，我會在月光與清風之間，把褲子脫下，享受自我。
我躺在天台的水泥地上，閉上雙眼，現實的感官畫面逐漸褪去，我在片刻中彷彿成了一隻自由的鳥兒，在空中翻舞起來。
我飛在天上，飛得越來越高，越來越輕鬆，什麼都無法將我阻攔。
不久我便抵達了白雲之巔，月光之下，我幻想著，只有我和少年維特里的女孩兒夏洛特在一朵輕雲上纏綿。
我奮力幻想著。她穿著白色的長裙，挪動著纖細的身體，胸部顫抖。她撫摸著我身上每一厘米的肌膚，甜蜜地微笑，粉嫩的嘴唇向我娓娓訴說著她的愛意。
隨著手頭動作的結束，我的超凡之身瞬時幻滅，我的幻想也煙消雲散。

我開始自由落體，尾骨刺穿層層白雲，狠狠墜回地面。待我睜開雙眼，回歸現實，黑夜便再次降臨。天上沒有一顆星星在閃爍，我的背部也被磚泥地凍得冰涼，脊柱如同真得被摔斷了一般隱隱作痛。

第二天的早上，我便賴床不起，整天打不起精神，但起碼我內心的焦躁感得到緩解。

我便一次又一次去寢室的樓頂釋放我的壓抑，這變成了我的一個習慣。

某天的晚自習，我中途去水房打水。

水房的燈沒開，只有教室裡一點稀疏的燈光透過來，走廊裡很安靜。

我打開接水的龍頭。走廊里便被我接水的聲音充斥。

此時我的身後忽然傳來另一串水聲。我不自覺地回頭。

我看到一個很瘦的長馬尾的女孩背對著我。她看著窗外，我也看著窗外。

窗外的草叢裡面有微微的熒光。隱約聽見蟋蟀清脆的叫聲。我看得入了迷。

水聲突然變得急促。杯子裡的水都溢出來了，我忙擰上了水龍頭。女孩也是。

我提著杯子走回教室。中途我偷偷回頭看了女孩一眼。她仍站在那裡，靜靜地看著窗外。

那晚我無法集中精神看新的書，便拿出位兜里的《少年維特的煩惱》重新讀著自己喜歡的段落。

衣衫襤褸的詩人如同失了魂，在街道上歇斯底里地打滾，怨罵著上帝和命運，人們都嘲笑著他的瘋癲，只有維特同情著這位因愛絕望的詩人。

人們的嘲笑聲很快便隨著詩人物理意義上的死亡消逝了，但詩人的精神以維特的文字為載體，永遠流傳了下來，就生息在我手邊的書本里，永遠不會被世界遺忘。

我走回宿舍的路上，再次回想維特對愛情幾乎病態的執念，卻不再覺得他可憐。我不再因這本書而感到任何的苦惱，那一夜我睡得格外安穩。

「距離中考還有一百天……」

數學班主任那天宣布，學校要予以曾經在期末或期中考試中取得過年級前十的同學優秀學習標兵的榮譽稱號，並要把獲獎同學的名字張貼在板報上，在百日誓師大會上對他們進行表揚。

我的成績總在年級五十左右徘徊，也沒走過一次大的狗屎運。這次表彰名單裡自然不會有我的名字。

當天下午，我們便舉行了隆重的百日誓師大會。

我和全校另外一千位就要共赴中考的同學一同站在操場上，排列著整體的方格陣。

校長和老師則坐在我們方陣前面的講台上，俯視著我們。

校長首先站了起來，發表了一番語重心長的講話。

他回憶起自己當年讀書時的場景，在山里去上學有多艱難，他要怎麼繞著河走，要走多少小時，才能聽到老師講一句課文。最後還引用了幾句類似「水到渠成」的俗語，讓我們不要因為考試緊張，更不要人心惶惶。

他從面露笑意講到憂愁失意，直到完全沉浸在了自己深刻的回憶錄裡，最後以一句凝重的祝福結束了他的第一段演講：「同學們，珍惜你們值得奮鬥的青春吧，加油。」伴隨台下熱烈的掌聲，他緩緩走下了台，回到了自己的座位，喝了一口熱茶。

接下來到了優秀學習標兵的表彰時間。

主持人熱情洋溢地介紹著：「下面叫到名字的同學，被評選為了這一屆的優秀學習標兵，他們是我們當中學術成就的代表，大家要積極向他們學習。讓我們歡迎他們上台領獎！」

接下來便是一長串耳熟能詳的名字，隨著獲獎的人名接連被念完，獲獎同學也陸續走到台上。

我的下鋪最後一個走上了台，他拿著獎狀，擠到了講台最中間的位置，他看著台下的攝像機，笑出了一整排上牙槽。

這時我突然一閃念，想到：為什麼林哲英的名字沒有被念到，他可是次次都進前十的呀！

我越想這事越不舒服。想著想著，不知腦袋抽了什麼風，我突然高舉起右手。我抬起了頭，大聲地質問主持人：「你是不是忘記報林哲英了？」

主持人被我的話打斷，身邊不少的人都驚訝地看向我。她愣了一下神，又回過頭來打算繼續念稿，本不打算搭理我。

我的內心也因為這一時的衝動感到片刻的後悔，可是事已至此，我的衝動和情感逼退了內心的膽怯和理性。

一股熱血突然湧上了我的心頭，我用更洪亮的語氣再一次質問著台上的主持人：「要不你再看一眼，你是不是忘記念林哲英的名字了？」

我仍高舉著的手。更多的人向我看來，操場上的各種聲音都趨於安靜。

主持人拿我沒辦法，便反復對起名單來，但是估計名單上確實沒有林哲英的名字，她什麼反應都沒有，只是愣在那裡。

身為年級主任的語文老師在台前坐不住了，站了起來，擺著手示意我，要我把手放下。又回頭跟主持人發號施令，示意她接著講下去。

我沒理會語文老師的警告，反而搶在主持人張口之前大聲說到：「林哲英不在沒關係，我可以幫他領，等他回國，我會把獎狀給他的。」

「林加德！你還嫌不夠丟人是不是！」語文老師站了起來，向我吼道。

這是她在那次語文課的衝突之後，第一次當眾喊我的名字。

有身邊的人開始笑我。語文老師則走到了我跟前，說：「你給我出列，到我辦公室去等我！」

她給我下了最後通牒。

我擠出隊列，一個人走在一千個人的方陣的外面，向語文老師的辦公室走去。白雲緩緩在天上飄過，我一邊走，一邊看著天微笑，清風徐來，吹得我一身快意。

誓師大會又恢復了秩序。

我走過講台，只見校長又站上了那裡。

他待著厚重的眼鏡，不再看演講稿。

「你們是戰士！」

校長俯視著人群，大聲呼喊著，他這樣稱呼我們。

「你們必將勝利！」

只見他雙手皆緊握成拳，一拳砸在講台上，另一拳時不時在空中揮舞。

「國中必將為你們驕傲！」

此時他結束了全部的演講。操場又一次沸騰了，掌聲雷動，有同學不斷地叫好。

我頭也不回地向前走著。掌聲，叫好聲，口號聲，這一切的狂熱皆在我身後退去。

在走向語文老師辦公室的路上時，我的心裡不僅沒有一絲悔過，反倒在緊張的氣氛之中感到越來越飄飄然，越來越刺激。

我的心情仍然沉浸在那場年級會上，為我在台前出格的壯舉感到莫名的驕傲。

對於語文老師事後的訓導，我不記得她當時罵了我什麼，只記得不管她問我什麼，我都裝聾作啞。

語文老師在我的沉默之中越來越氣憤，本來她只是嚴厲呵斥我，可我的麻木和呆滯逐漸令她失去了全部的耐心。

她使勁錘了一下桌子，把書桌上的東西一把撩到了地上，大喊了一聲我的名字：「林加德！」

我這才從神遊之中回過神來。

「別給臉不要臉！」她罵道。

我看著眼前的語文老師，只見她面紅耳赤，唾沫橫飛的樣子甚是滑稽，我竟不由笑了起來。

「這學你還能不能上？」她氣的站了起來，插著腰，唾沫星子濺到了我的臉上。

我看著她失控的樣子，好似一個活生生的土偶木梗置於那風雨雷電之間！

於是乎，我情不自禁地背出了那篇我曾經被迫讀過了不下十遍的《雷電頌》：「你紅著一個面孔，你也害羞嗎？啊，你完全是一片假！你，你這土偶木梗，你這沒心肝的，沒靈魂的，我要把你燒毀，燒毀，燒毀你的一切！」

背完這段話，我便瞪著語文老師，一邊哭，一邊笑。語文老師扇了我一巴掌。這場面談便在這奇妙的混亂中告一段落。

作為結果，我被宣布停學，他們叫我收拾好東西回家，中考前都不要回來了。

我不知道怎麼跟父親交待，也不想母親傷心。可是事已至此，我不得不回家。

我先在宿舍收拾好了行李，又回到教室裡打包書桌裡的書籍和文具。

人們都已經去大教室上晚自習了，夕陽撒滿了窗格，我一個人站在教室的講台前，最後一次履行了作為衛生委員的義務，把黑板擦了一遍。污水濺在我的校服上，我突然有些悲傷。

想到我自己初中三年的學習生涯就要這麼提前結束了，不免有些失意徬徨，我甚至不知道該不該為年級會上的行徑感到後悔。

我把髒抹布洗乾淨，放回了教室黑板的鐵槽上。看著這空蕩蕩的黑板和講台，林哲英在課表前抄寫單詞的身影依舊曆歷在目。

我回憶起第一天認識他時的情景，他向我訴說著自己未來的打算，把高中單詞書的名字寫在小紙條上，交到我的手心裡的樣子。

夕陽的餘暉漸漸褪去了，身邊一切的色彩都暗淡下來。

我低下頭，突然有點想哭。

「唉，為什麼會認識他這麼個人呢？」

我攥著衣角，用被污水和汗弄髒的校服袖抹了幾滴委屈的眼淚。

這時，教室的門口傳來了敲門聲。

我見到窗台上她的剪影，一條長馬尾的倒影模糊在樹葉與明暗相間的光線裡。

她走了進來，是蘇芸。

「蘇芸？」

「你要走了嗎？」她在門口問我。

我說：「是啊，你怎麼來了？」

她說：「那天晚上接水的時候，是你在我身後對吧？」

我這才意識到：「啊，原來是你啊，當時沒有燈，我沒認出你。」

她溫柔地笑了笑，又說：「我一直想跟你聊一聊，但那天你連招呼都沒和我打，我以為是你不想理我。」

「林哲英的事嗎？」我問。

「差不多。」她說。

「他不是因為喜歡我跟你分手的，你不要多想，我們都不是同性戀。」我說。

「我知道，我不是那個意思。你別開玩笑啦！」她笑了笑。

我不知道該怎麼回復她，只繼續低著頭，下意識擦著黑板，側臉對著她。

她又接著說：「其實你不應該為他受委屈，他都走了。」

「沒事，我心甘情願。」我說。

一段許久的沉默。窗外突然吹起一陣冷風，把落葉吹的翻飛。

這時蘇芸突然用手遮起了臉，哭了起來。

「他根本沒喜歡我對不對？」她一邊擦眼角，一邊問我。

我沒有回答她，只是靜靜坐在講台的桌子上。聽著她啜泣的聲音，我無動於衷。

「他根本就沒有在乎過我，對不對？我們在一起之後，他還是只和你待在一起。」她追問著我。

我依舊保持沉默。

「為什麼你們要這樣對我？為什麼？」她彷彿在向我尋求答案，又彷彿只是在單純地宣洩。

「不用想那麼多了，他都已經走了。」我說。

「他沒有！」孫芸說到。她的聲音令我絕望。

我忍不住把手邊的抹布狠狠砸向黑板。孫芸則哭得更厲害了。

我朝門口走去，一把抱住了孫芸。

她便在我懷裡哭，淚水打濕了我的領口。

我說：「這一切都不是你的錯。林哲英已經走了，不會再回北京了。」

蘇芸不再像那樣絕望地哭，哭聲漸而舒緩起來，最後只是慢慢輕聲啜泣了。我繼續抱著她，被動感受著她的心跳真切而沉重地撞擊在我的胸脯上。她的體溫也逐漸感染著我，令我體會到一種溫暖和依靠。

我們沒有再說話。只聽見鍾表的指針一點一點走過。

在夕陽的最後一抹餘暉中，我輕吻了孫芸。

那一夜，我帶著我的書和行李，以及對這片校園全部的記憶，坐上了回家的公交車。夜裡的東三環還是那樣擁擠緩慢。身旁一幢幢的高樓在身邊緩緩駛過。我坐在雙層巴士的上層前座看風景。只見大褲衩逐漸駛入我的眼簾，它的背後還是一片大的空地。

我是親眼看著這座樓一點點建起來，又親眼看著它在一夜之間化為半座灰燼，如今又重新建回了原樣。

車不久便到站了。

我提著大包的行李箱，擠上居民樓的電梯。

電梯吱呀作響，小小的機廂裡擠滿了下班回家的上班族和散步的中老年人，以及一股無法忽視的狗尿味。

我下了電梯，走向家門口的小鐵門，空氣逐漸焦熱，我感到有些喘不過氣。

我敲開了門。

「爸媽，我回來了。」

等了好久，才等到母親為我來開門。

她帶著眼鏡，手裡拿著炒菜的鍋鏟。

父親坐在客廳遠端的木桌旁看著書報。

「回來了兒子。」母親一臉憔悴，她勉強笑著對我說。

母親第二次評選高級會計師又失敗了。她不是那種很聰明的人，但她總在拼命的路上，沒有放棄過。最近她開始準備第三次高級會計師的考試了。

我不敢看母親的正臉，只低著頭。

「呦，我得趕緊把火去關了。」她突然說。

她還沒來得及接我的行李，就小步跑回去接著做飯了。

父親看完了眼前那行字才抬起頭來看了我一眼，他面色蒼白。

待他把書報放下，他也沒正眼看我，反而是看著面前的白牆，說到：「班主任都跟我說了，說你年級大會上嚴重違反紀律，嚴重影響到了同學們的學習信念。」

我沒插他的話。

父親頓了頓，又質問我：「跟老師叫板，你還嫌吃的虧不夠多是不是，啊？」

他的語氣像在審問一個無藥可救的罪犯。

他又拿起書報，一邊讀，一邊說：「中考前這三個月，你就自己在家待著，哪都別給我去，就在家專心學習。」

我默默關上家門，脫了鞋，抬著行李箱往自己的屋裡走。

「他媽了個逼的，畜生！」伴隨著刺耳的碎裂聲，父親把手邊的瓷杯狠狠摔碎在地上。

父親用鄉音罵著，又打碎了另外一個手邊的茶杯。瓷片，玻璃片，攤了一地。

我根本不敢看父親，嚇的腿全軟了，只能撐著箱子往自己房間一點點挪，恨自己不能走得再快一點。

「狗東西，你要是考不上好高中，純粹活該，我告訴你！」

我躲避著父親的罵聲，盡力挪著身子，等我終於到了自己的屋裡，便趕緊關上了屋門，然後整個人癱坐在地上。

我大腦一片空白，完全沒力氣了，不知道如何才能再站起來。

我靠著屋門癱坐著，在一片漆黑之中，垂著腦袋發呆。

我聽見父母猛烈的爭吵聲，以及母親清掃著地面時玻璃碎渣的碰撞聲。

行李箱滑動著，把我的衣架撞倒了，屋裡一陣躁動。

母親在屋外一把推開我的門。門的衝量把我頂翻了出去。

「沒事吧兒子？怎麼了？什麼聲音？」母親擔憂地問到。

她瞪著焦慮的眼，在房間裡尋找著我的身影。

客廳的光透了進來，我便向那亮光處爬去。

母親看我趴在地上，趕緊來扶我，把我扶到了床上。

「媽我困了，我想睡覺，你讓我睡覺吧。」我不敢正眼看母親，只背對著她趕她走。

「吃點東西再睡啊，等我給你拿過來。」她略帶哭腔地跟我說。

「不用了媽，我真的累了。」我求著母親。

「你看你都瘦成什麼樣子了。在學校肯定沒好好吃飯。」母親說。

「求求你了媽，我很累了，讓我休息吧。」我把整個腦袋壓在被子裡，我害怕極了。

「飯一定要吃的。」母親說罷便把飯拿了過來，放在了我的書桌上，順手還打開了燈。

等她離開了我的房間，一切終於又安靜下來時，我忙去把那刺眼的白燈的開關一把拍滅。

我筋疲力盡。我一點點往床邊爬，卻沒有力氣上床去。於是我整個人鑽向了牆角。黑暗徹底將我吞噬。我使勁用頭向牆角鑽去，牆面被我撞得直響，那感覺痛極了。我怕再次驚擾到父母，轉而開始用力掐自己的大腿，扇自己巴掌。

直到我連痛的直覺都慢慢喪失，我便開始哭。眼淚哭乾了，我便昏睡過去。一直到夜裡凍醒，我才回到床上，僵硬地睡過了後半夜。

六

紅寶石

停學之後，我每日被囚禁在家裡。不再上學的日子彷彿暑假提前來臨。

每天早上，即便我早就醒來，我也會在床上刻意等待一兩個小時，等到父母都出門上班了，再爬起來開始一天的生活。

母親往往在早上六點鐘左右，天還沒亮就會起來做飯。她要去趕六點半從大望路出發去燕郊的930公交車。

我還記得，小時候父母還不敢讓我一個人在家度日，每當假期的時候，我就會跟隨母親一起去上班。

早上六點半的930公交車站是看不見太陽的，尤其是在冬季。

冷風呼嘯著，有的冬日里會飄雪花。

幾百號人排著看不到頭的長隊，人和人之間沒有一絲空隙，黑壓壓的一片堆在路邊，就像是垃圾堆。

母親總是一隻手拿著書或者什麼資料，另一隻手提著包。

她從不牽我的手。

我看著黑乎乎的人群，皺著眉頭問母親：「為什麼這裡這麼多人啊？」

她總是瞪眼看著前方，只說：「每天都是這麼多人。」

冬天的寒風總會吹亂她的頭髮。

母親在單位的工作大概就是算賬。六點半去上班，晚上七點左右回家。

父親的工作也不清閒，他會在八點左右去上班，因為單位在市裡，不需要起的像母親一樣早。

下午五點父親就理應下班回家了，可他總會加班到六七點。

父親單位的伙食一直不錯，比起去母親那邊，我更喜歡去父親那裡吃他們的午飯。

可是父親不愛帶我去他們的單位。

我其實也不敢去父親的單位。

他常會因為身邊的員工有一點的鬆懈和不認真就大加批評。

每次當我看見他呵斥員工時，我都會嚇的直哆嗦。

父親不怕上司也是單位里人盡皆知的事情。他只講究最基本的禮貌，在此基礎上絕不拍任何領導一絲的馬屁。

母親常因此調侃父親：「你一點也不像一個當官的。」

父親每次聽母親調侃他便生氣，罵她說話不著調：「你懂個屁，就知道一張嘴亂說。」

父親常對母親說狠話，但母親不怎麼愛還嘴，只是她的不滿總會寫在臉上。父親說得她不滿意了，她就會皺眉頭撇嘴，向父親擺臭臉。

父親看到母親臉上的不樂意，總還會再追補幾句話，例如「不願意做飯就不做，不願意打掃衛生也不用你打掃，沒人逼你做。」

有時母親實在忍不住言語上的不公平，就會和父親吵架。

我聽他們吵到不可開交時，便會去打斷他們，說些話來調節，好比「爸媽，今晚有個好萊塢的電影上映，你們要不要一起去看。」

只有這樣，他們才會停止吵架，然後憋著悶氣，各干各的事情去。

第二天早上，家裡又會重新開啟反復平常的生活。

除了躲著父母，停學在家的那些日子裡，我也會想起蘇芸。

離開學校前我吻了她。我分不清是我主動的，還是她來吻的我。一切就那麼自然而然得發生了。

我已經停學一個多月了，卻沒有和蘇芸聯繫過一次。

林哲英總是叫她青蛙，而她於我而言就只是蘇芸，我便一直叫她蘇芸。即使那天我吻了她，但我心想，我是不喜歡蘇芸的，她也不喜歡我。

我們只不過分享了片刻相同的心境，都是遺失了自己曾無比珍愛的東西的可憐人。那幾分鐘，我們短暫地填補了彼此的慰藉，僅此而已。

可是蘇芸的身體，她的體溫，她的呼吸聲，她存在的事實本身，卻總令我流連忘返。我還願再吻她，這又該怎麼解釋呢？

不斷的臆測令我意亂神迷，我盯著翻蓋手機的屏幕，卻遲遲不敢發出一條消息給蘇芸。我把這些疑惑和感受藏在心裡，一切都很朦朧。

一次和父母的晚餐上，我正一口一口嚼著白米飯，一邊想著那米飯究竟是怎麼做的。為什麼它簡單卻又有淡淡甜味，令每一個人都為之著迷呢。

我琢麼著米粒的甜味，體味著它順滑的口感，柔棉的質感。

一時間，我聯想起了蘇芸她輕薄的嘴唇，那溫潤的下唇觸碰我的嘴唇的瞬間。

我笑了。

父母看著我，問我為什麼笑。

我這才反應過來，驚慌失措，我怕極了。

我集中起全身心的注意力開始編織一個謊言，用最淡定和平和的語氣說：「最近我在家看小時代，郭敬明在書裡寫了一堆奢侈品的名字，我看著覺得特別逗，實在忍不住。」

「盡看些沒用的。」父親沒抬眼看我，繼續吃著飯。

他一邊吃，一邊嘆了幾口氣。

晚飯之後，母親便去洗碗，父親開始看起晚間的新聞。
我回到自己的屋裡，一時間感到無限的沮喪。
我沒有哭，似乎什麼事情都提不起我的興致，也喚不起我的悲傷。
夜裡我常常發呆，只看著書桌上的檯燈，不知道該干些什麼。
題目和書本就在我的手邊，我卻怎麼也不願意再投入到中考的訓練中去。
但我內心知道，除了中考，我別無選擇。
我不再去思考這一切努力的意義究竟是什麼，只一股腦把這些題做下去。
我做得很慢，很沒有效率，但中考的準備還在這樣不間斷進行著。

在一個平常的早晨，我起床之後吃過早餐，便又回到床上趴著。
父母都不在家，我也一絲備戰中考的興致都沒有，便打算睡個回籠覺。
當我閉上雙眼，回憶卻一股腦湧了上來。
在一個沒有光的空屋裡，我站在正中央的空地，手腳卻動彈不得，環顧四周，一個個身影開始出現在我的身旁。
先是語文老師，她在一旁監督著我，給我佈置著一個又一個新的作業和任務。
然後是我的校長，他喝著熱茶，祝福著我：「你將擁有美好的未來。」
父親出現了，他一邊嘆著氣，一邊讀著書報。

母親在她旁邊收拾著衛生，打掃著地面，她眼裡毫無神韻，汗珠一滴滴打到地面上。

林哲英也出現了，他在窗戶邊向我招手，手上拿著一張拉布拉多犬的素描畫。

這時我的身體突然解鎖了，我開始向窗戶走去，光也一點點透進來，我呼喊著林哲英的名字：「林哲英，是你嗎！」

當我就要牽到林哲英的手時，窗戶卻消失了，四面又變成嚴絲合縫的灰牆，光芒全部散盡。那一個個人影，語文老師，校長，我的父母，也都散去了。

我跪倒在地，渾身無力。

「林加德……」

突然，我聽到有人在背後呼喚我的名字，我回頭，看向房屋的另一端，是蘇芸站在那裡。

她的身後出現了一扇門。

我忙站起身，向蘇芸跑去。

她含著笑，眼裡卻流著淚，她的身影也漸漸淡去，但門依舊在那裡。

我便朝門的方向繼續奔去。

「就要到了！」我內心歡呼著。

那門就在我的眼前。

鈴鈴鈴鈴鈴鈴鈴鈴……

電話突然響起，我從幻想中驚醒，只剩下腦袋一陣眩暈。

我忙從床上爬起，去接那通電話。

「您好，順豐快遞。」

電話的那頭傳來郵信局的聲音。

「什麼快遞，我沒訂快遞。」我正打算掛掉電話。

「是從武漢寄來的，在我們這裡寄存，需要你來拿。」郵信局的員工又說。

我父親是武漢人，可能是他的包裹吧，我想。

於是我問：「是什麼快遞？」

他說：「請和我核對一下你的電話號碼，稍後為您查詢。」

「好的。」我回復他說。

後來我們一起對過了電話號碼，過了一會，那個員工給我回了電話。

「是一個信件格式的包裹，請您和我核對一下收件人的姓名，請問誰是收件人呢？」

我把父親的名字告訴了他。

「好的，那請您等我稍後來電，我再去確認一下寄件時間和收件人信息。」

電話便從他那邊掛斷了。我坐在電話旁邊的沙發上，等待著他的回電。

中途我給父親打了電話，想問他有沒有從家鄉寄來的包裹。

可是他沒有接我的電話。

我坐在沙發上發著呆，剛剛幻想中噩夢般的畫面仍然揮之不去，無力感正將我吞噬。一種空虛的力量正逐漸奪走我全部的精力。

電話又一次響起。

我接起電話，不再是快遞的號碼，只聽電話那邊傳來他嚴肅的命令聲：「這裡是北京市公安局，您的包裹內容涉嫌目前國內的重大貪污腐敗通緝案『紅寶石』事件，我們需要您配合我們的調查。」

他的語氣彷彿已經斷言，我們家與這件貪污腐敗案定有聯繫。

我想著父親的身份，他偏執的人格，一個貪污犯的形象突然出現在我的眼前。我懷疑起了自己的父親。

公安局繼續命令著我：「你的父親涉嫌貪污腐敗贓款數額巨大，請你立刻斷絕與你父母聯繫的全部途徑，配合我們的調查。」

我開始不斷懷疑自己的父親，萬一他真的是貪污犯，我正生活在怎樣的危險之中？

我該怎麼辦，我心想。

這時公安局又繼續給我下達著指令：「你現在只需要配合我們的調查。如果你提供給我們足夠的證據，證明你父親的清白，我們的調查就可以結束了。」

我完全相信了公安局，選擇配合他們的審查。

後來的一切像是一場夢。

警方開始他們的審查之後，讓我斷絕了與父母全部的聯繫，我全心得配合著警方的調查。

他們讓我翻出了家裡全部的銀行卡和U盾，讓我猜測這些賬號的密碼。

「嘗試你父母的生日，他們結婚的日子，你的生日，你爺爺奶奶的生日，他們其中任何人的姓名……」他們一步步引導著我。

另外，他們也命令我去銀行親自數確各種數額。

走往一個個銀行時，我走在大街上，餓得昏頭轉向，因為我一天都沒吃飯了。

「繼續堅持，你在配合國家工作，這是關乎國家財產的重大案件。」警方從電話那邊傳達著指示。

我被這種莫名的使命感驅使著，內心對父親的懷疑也越來越深。

父親曾兩次撥打我的電話。

「不要接你父親的電話。」公安局命令著我。

我便沒有接過任何一通。

後來我突然試出了一張銀行卡的密碼，我喜出望外。

然後公安局的人讓我和他們接通視頻。還讓我去廁所拿一條毛巾，讓我把頭遮住，絕對不可以看電腦屏幕，說是國家機密。

「如果你看了屏幕，就是盜取國家機密，是可能判死刑的！」電話那邊警告著我。

我害怕極了，飢餓和擔憂令我崩潰了。我開始哭，開始不知所措。

我的父親不會真的是貪污犯吧，我的大腦一片空白，一切的理智都開始崩塌。

「求你們快一點吧。」我邊哭，向公安局的人哀求道。

這時已經是下午五點。

父親提早趕回了家。

飢餓，悲傷，對父親的懷疑，已經幾乎完全奪取了我的意識。

父親推開了門時，臉上有一絲輕鬆的笑意，似乎在為今天可以按時回家，沒有加班而感到高興。

當看到散落在一地的銀行卡，信件和名片時，他的臉色瞬間變得慘白，面目扭曲了起來。

他的眼神充滿了絕望，公文包直接掉到了地上。

我正跪在電話前，右手拿著手機。

我淚眼模糊得看著父親，向警方說了最後一句話：「父親回來了。」

電話那頭的聲音瞬間掛斷了。

父親向我跑了過來，撲通一聲便跪在了地上。

他把我手裡的電話一把扔到了窗戶上。臉從慘白又漲成了通紅，他臉上的每一根青筋都暴起來了。

領帶在他的脖子上鬆散開來，他的襯衫也失了型。

他的雙手顫抖著，渾身上下都在戰栗。

「傻啊，你怎麼那麼傻啊，全完了！」

他在地上胡亂翻著那些銀行卡和文件。

然後他使勁摁著我的肩膀，用他顫抖的手拿起一張又一張銀行卡問我。

「這張卡，這張卡你看見沒有，你有沒有把密碼告訴他們。」

「你是不是貪污犯？」我的意識在消逝的邊緣，只能用最微弱的聲音問父親。

父親看著我，說道：「他們是騙子！」

他吼到：「你被他們騙了，你還沒發現嗎！蠢啊！」

我想著父親的話，又回憶起今天一天的細節，警方的命令，我的飢餓感，父親回家時的面龐，我用毛巾裹住腦袋時內心的絕望，種種。

父親仍在一邊怨罵著，一邊顫抖著翻看著地上的卡片。

「啊……」

我終於在恍惚之中意識到，我被騙了。

我的意志在那一刻徹底崩潰了。眼前的景像開始逐漸被黑暗包裹。

這時父親抬頭看向窗外，大褲衩在風景的遠端矗立著，陰雲密佈在空中。父親開始向窗戶走去。窗戶半開著，風也吹了進來。

「爸，我錯了，爸……」我用僅存的一點意識呼喚著父親。

在一片混亂之中，我完全昏迷了過去。

過了不知道多久，我緩緩睜開雙眼，眼前是一片綠色的草原，草原的盡頭是懸崖和海。懸崖之上，有一座小房子。

一朵玫瑰在房門前隨風搖曳著。

我光著腳，在陽光和微風之間，向那朵玫瑰走去。

緊接著，我的腦海裡接連閃過一摞又一摞的黑色的輪胎，它們疊加在一起，一個巨石正在這一圈圈的輪胎中急速下落著。

輪胎和下落的巨石形成了另一個維度的畫面，與我眼前的陽光和風中飄揚的玫瑰花瓣，在我的腦海中反复切換著。

忽然之間，巨石從天而降，出現在懸崖旁的房子，玫瑰，以及我頭頂的正上方。巨石正向我急速壓過來。

我驚醒。

此時，我正躺在客廳的沙發上。父親和母親正在我的身旁爭吵著什麼。

窗外已是一片漆黑。夕陽換成了月亮。

我終於醒了過來，又一次回歸了現實。

「爸，媽。」我呼喚著他們。

父親沒有看我。

母親正坐在我身旁，她一邊哭，一邊摸著我的臉：「兒子醒了。醒了就好。」

我看見桌子上有一碗正冒著熱氣的粥，忙爬起來去喝。

這時我們家的門鈴響了。

父親去開了門，門口站著的，是真正的公安民警。

民警安慰著我，也安慰著我的父母，後來我們一家坐著警車，去公安局做起了筆錄。

「這三張卡。」父親拿著左手邊的三章卡說到。

「這些卡里的錢都沒了。一共是二十萬塊。」

我感覺天都塌了下來，二十萬塊，我這輩子沒有見過這麼多的錢。

我坐在父親的旁邊，冷得直哆嗦。

兩位公安民警坐在我的對面，一個人坐著筆錄，一個人詢問著我的父親。

民警們也時不時安慰我說：「這事，不能怪孩子。」

父親不住嘆氣。

「我們會盡力調查事情的真相，但是這類案件，錢往往是回不來的。」

民警最後說。

母親在一旁拍著我的頭，摟著我說：「沒事，人沒事就好……」

做完了公安局的筆錄之後，我們一家人帶著一整天的疲憊，坐上了回家的公交車。

車上，父親那漲紅的臉也漸漸平靜下來。

我的眼鏡已經哭紅了。母親則在一旁抱著我，不時說著安慰的話。

車上有幾個年輕人好奇地看向我和我的母親，彷彿是在看著一出好戲，一邊竊竊私語，一邊笑著。

父親注意到了他們，瞪著他們破口大罵：「看什麼看，滾蛋！」

那些人怕得轉頭就下了車。

我們一家人下了車，走在沉重的夜色裡。

父親走在前面。我和母親跟在他的後面。

他不回頭看我們，獨自說起了話來。

「二十萬。」他說。

「二十萬有多少？我二十多歲剛上班的時候，第一筆就掙了二十萬。」

這是我第一次聽父親講起他的發家史。

父親接著說：「當年我在橋樑工程隊打工，每天早上都第一個去上班，把辦公室裡的衛生打掃個乾乾淨淨。因為我愛乾淨。」

「後來一個政府的人一大清早來我們辦公室，只看見我一個人。」父親笑了笑。

「他覺得我人老實，就把一整個大橋的工程，全託付到了我一個人手裡。我乾了幾個月的工作，造橋的流程也都清楚，就把活接了下來。那兩個月，我一個人在全湖北找資源，整個項目被我一個人做了下來。」他說。

「那一個項目，我就賺了二十萬，放到現在可能有一百萬都不止。那政府的老叔還說要把她的女兒介紹給我認識。」父親激動起來。

「但是我那時候已經跟你媽好上了。我揣著一兜的現金，帶著你媽去餐館吃飯，點了滿滿一桌的肉菜。那時候的人哪見過那麼多肉啊，過年都沒有見過那麼多肉！身邊的人看著我們吃，都羨慕得不得了。」

母親也笑了。

「你媽和我就在那裡一直吃，我們是真開心啊。兜里全是錢。」父親嘴巴都張大了起來，彷彿又回到了那個餐廳，正大口吃著肉。

「後來我用這二十萬里的十五萬，在火車站盤了兩個商鋪，打算招租做生意。」

「誰知道那是假合同，我被人騙了，那店鋪根本不歸他們管！十五萬塊，一夜之間就被他們全捲走了！」

說到這裡，他停下了腳步。路燈照在他身上，背影印在瀝青路上。

我連忙道起歉來：「我錯了爸，我真得知道錯了。」

他沒有轉身看我，只是說：「不能全怪你。是騙子該死。」

我一時間感受到了莫大的安慰，父親的殷實的背影令我突然感到了安心。

父親接著講述自己的故事：「那件事情之後，我沒再想走做生意的路子。我拉著你媽，跑到北京來闖蕩。先是在小單位裡做雜工，那時候單位裡誰瞧得起我和你媽？我們兩個外地人，普通話都說不好，什麼髒活累活都乾盡了！」

父親吐了一口痰，繼續說：「後面好不容易提拔到了科長的位子，入了黨，老子一干乾了十五年，我一路勤勤懇懇，一件違心事都沒做過。你知道為什麼嗎？」

我低著頭，不敢吭聲。

「就是因為老子恨透騙子了！你給我記住，你爸做一天的官，這一輩子就絕不會貪一分錢。」

他轉頭看著我，問我：「你聽清楚沒有？」

「我聽到了。」我低著頭回答父親。

父親轉過頭去，又接著往前走。他的腰板挺的更直了。

待我們走到家門口的小河旁，他把那被盜的卡片從包裡掏了出來，一把扔到了小河裡。

他一邊笑著，一邊衝著水面大喊：「消財免災嘍！」

我此時看著父親，只覺得內心有無限的愧意無以言表。

路燈和月光照耀著他的面龐，那些深刻的抬頭紋一條又一條刻在他的頭頂，他的鬢角也早已斑白，清風吹起了他的頭髮，只見他腦門上全是豆大的汗珠。

他不再嘆氣，也不再咒罵任何人，目光堅定地睹視著河流的盡頭。

後來我們回了家，已經是夜裡十二點。

透過房門，我看著臥室那邊的父母。

只見父親坐在床頭，對母親說：「幸好我那兩百萬的股票賬戶沒有讓他猜中密碼！」

母親苦笑了兩聲，然後關掉了臥室的燈——他們也睡了。

「兩百萬……父親居然有兩百萬……」

我驚訝極了。

躺在床上，我面對著內牆，瞪大了雙眼。

想著過去這一整日的瘋狂，父親夜晚的話，和他的兩百萬，我輾轉難眠。

七

海浪

在那場詐騙案之後，我和父母的關係竟意外變得緊密了起來。

白天的時候，我開始目送母親出門上班，和父親在一張桌子上吃早飯。

那段日子我過得很踏實。

生活變簡單起來。當我開始學會早起，並完成一些固定的事項，那麼之後的中午，下午，以及晚上的時間都會井然有序。

每天從清晨開始，我便可以自然而然進入到學習的狀態裡。

那種對時間的感知，而頭腦中別無其他的專注感，令我感到充實。

我的內心開始趨於寧靜，我的想法，身體，以及身邊的一切都高效了起來。

每完成一份試卷，或者是複習完一摞資料，我都會有無與倫比的滿足感。而激活完成這一切所需的全部動力，似乎僅僅需要我早起，以及目送父母上班的身影。

我在無數次完成各種各樣的小計劃之中一點一滴積累著自信。

看向窗外景色遠端的大褲衩，我冥冥之中感覺前途就要光明起來。

這種對未來莫名的自信和盼頭到夜晚都不會停歇。

我常常會倉促吃完晚飯，然後就又回到自己的書桌上唸書。

「這孩子，還廢寢忘食起來了。飯都不好好吃。」父親在餐桌上笑侃著。

後來父親給我買了一個很大的木桌子，換掉了我屋裡的小木桌。我現在可以把全部的功課放在一張大桌子上，這感覺真是太美妙了。

「這就是你的工作台了。」父親和我一起拼完了這張桌子，我們看著它，滿意地笑了笑。

不知道過了多少個日夜，我都沉浸在這種穩定而重複的複習生活之中。

這種安穩逐漸給我帶來了明顯的成績上的提升。

有一天，我收到了一份快遞。是班主任給我寄來的。

我拆來包裹，是一本不厚不薄的冊子，封皮上寫著《2015中考招生簡章》。

我把這本冊子攤開在桌上，粗略翻看著。

每一所學校都有標明他們在每個城區裡的地位，越靠前越高，也分一類二類三類。

每個區似乎也有著他們的排名。比如海淀在最開始的幾頁，緊接著的是西城和東城，然後是我居住的朝陽區，然後是丰台，接下來仍然有幾個區的信息，可是我記不清了。

我首先翻到我的中學，國中。它們去年的錄取分數線不高不低。以我現在的成績，應該有九成把握，我心想。

畢竟我身邊的同學都是想留在國中的。大家都是住在朝陽區的人，想去海淀和西城的人大有人在，可是那些機會鳳毛麟角，可以說是天方夜譚，自然也沒有人把目標真定在那些海淀的學校上面，那樣做是毫無必要的冒險。

那麼我只要在最後的這幾天努力備戰中考，接著上國中，過安穩日子就好了。

然而我和身邊的同學，似乎又不那麼一樣了。也許我真的觸犯了天條，國中已經放棄過了我一次，也許我不該回到那裡。

可是，我又有什麼選擇呢？

我正打算就這樣合上這本招生簡章。

但是我沒有。

或許，我還有別的選擇。

於是我把招生簡章翻到了第一頁，開始一所一所學校看。

各種大學附中，中專，以及職業學校的名字，我都仔細看著。

我從不知道我身邊竟然還有這麼多的學校。每個學校居然還會錄取這麼多的人。

我看著這些排名和數字，並沒有覺得眼花繚亂，只是覺得新奇。

這一所所學校一定有各自的不同吧。

就比如第一頁的清華北大附中，一定是為那些想上清華北大的同學準備的。

再比如這個央美附中，想必是畫畫的人去的地方。北京財經學校，也應該是為金融人才做搖籃。

我揣測著。

我又返回屬於朝陽區的那幾頁信息，看了看自己的學校，這所我生活了三年的國中，又看了看第一頁的那些名牌附中的名字。

在那些名牌附中的下面，我無意間看到了這樣一所學校。

「首府國際學校。」

除了名字有國際兩個字，並且特別標明是私立學校以外，這所學校和別的學校似乎沒什麼很大的區別，並且也是看中考分數來進行招生。

「540分。」

這是它去年的錄取分數，並不比那些名牌附中低多少。

我接著往下看，直到在學費那一欄，才終於體現出這所學校和別的公立學校的區別。

「中美項目：150000／年」

我又重新數了一遍數字上的零的個數，這才確認自己看得清清楚楚，正是十五萬。

「十五萬乘三還不到五十萬。」

我默默記下了這個數字。

夜深人靜的時候，我腦子裡仍然想著那所國際學校，以及那一串曾經於我而言如同天文數字般的學費。

我爬起了床，偷偷跑去父親桌上的電腦前搜索起來。

「美國大學讀書一年需要多少的費用。」我在百度上快速地輸入著問題。

「四十到六十萬元不等。」之間屏幕上很快就彈出了答案。

「三年高中，四年大學，我一共需要兩百萬。」我很快計算著。

家中無比安靜，我甚至能聽到自己的呼吸聲。

接著我又去點了網站右邊推薦出來的鏈接，什麼哈佛大學，麻省理工學院。

那些美麗的校園圖片在我的面前呈現，學生們臉上都綻放著燦爛的笑容。

這時我想起了林哲英，又想起了蘇芸。

林哲英已經離開了，而蘇芸也會很快離開我。

我的朋友，我所嚮往的中學生活，很快就會一去不復返了。

我一邊思考著，一邊抬頭看著窗外。

只見大褲衩仍然屹立在景色的遠端，城市裡輝煌的燈火眾星拱月般地圍繞著它。車水馬龍聲在我的腦海中穿梭而過。

隨著鼠標咔嚓一聲響，我關閉了電腦上全部的窗口，把父親的電腦合了起來。

當我再次爬上床時，我依舊輾轉難眠。

一道綠光彷彿出現在了我的眼前，我正站在長島的海岸，而那綠光在碼頭的那邊，閃閃發亮著。

第二天早上，父母都去上班了，我在網上填報了志願。

「第一志願：首府國際學校」

晚上的餐桌上，我悶頭吃著飯。

「馬上要中考了，緊不緊張。」母親問我。

「不緊張。」我回答道，繼續悶頭吃著飯。

「恩，挺好。」父親說。

那晚，我們沒有再更多的交流。

距離中考還有最後一個星期，中考的日子很快就要來臨了。學校舉行了畢業典禮，我又得以再次回到校園。

只見操場上擺著長長的鐵架，同學們穿著整齊劃一的黑白校服，正陸續按叫到的班級號碼向鐵架台上走去。

我又一次回歸了我的班集體。

我的下舖躲著我，沒有跟我打招呼，他故意站在離我遠遠的位置，和他的身高並不相符。

畫地圖的娘娘腔還和我是朋友。

排隊的時候，我們只默默站著，什麼話都沒講，他一如既往沉默。

後來我們站在鐵架台上，正準備拍照時，娘娘腔站在我的旁邊，跟我說：「畢業快樂。」

我笑了笑，也說：「畢業快樂。」

我正打算摟他的肩膀，他卻厭煩地躲開了。

走下鐵架台之後，同學們就算是正式畢業了。

雖然中考在即，但同學們還是笑逐顏開，分享著畢業帶來的片刻輕鬆與歡愉。

我也走下了鐵架台，隨著同學們一排排走過校領導和老師的隊列。

當我我路過語文老師時，她皺著眉頭，沒有正眼看我，也沒有說話。

我雖不承認自己在大會上違反了多大的紀律，但一切都過去了，我決定跟她和解，這一切也不是她的錯。

於是我停在她身前，向語文老師道了歉：「對不起。」

我誠懇地對她說。

語文老師依舊皺著眉頭，但她不再避諱我的眼神，只說了一句：「好好中考。」

我繼續跟著隊伍向前走。

在我就要離開告別老師的隊列時，英語老師拽住了我。

她把我引到了人流外。

我還記得她打印過我的英語作文。此時我看著她，不知道她要對我講什麼。只見她脖子上掛著的佛珠油光閃亮。她個子很矮，需要仰頭才能看到我。她的眼鏡很厚重，所以一仰頭，就墜到鼻尖上去了。

她問我：「林加德啊，你報了什麼志願？」

「當然是國中了。」我毫不猶豫撒著謊。

我本以為英語老師會滿意於我的回答，但她卻只是平靜地接著說：「我一直覺得你的英語基本功很好，你是個很不錯的學生。」

這時她握起我的手，又用另一隻手拍了拍我。

「祝你有美好的前途。」

她最後說道。

「謝謝您，我會努力的。」

我向她表示了真誠的謝意。

她慈祥地向我微笑著，我彎下腰，忍不住和她短暫擁抱。

和老師的告別就此告一段落，我從英語老師的祝福中回過神來，在人群中尋找起蘇芸。

學生陸續向校門口走去了，人頭攢動著，每個人都穿著一樣的校服，人們都差不多一個樣子。

我在無數的背影中摸索著，點著腳尖，目光搜尋著蘇芸的馬尾辮兒。

終於，我在校門口旁邊看到了蘇芸。

我從人群中擠過去，朝蘇芸走去。

「蘇芸。」

我在她背後呼喊著。

蘇芸聽見我在叫她，回了頭。

她看著我，含蓄地笑著：「你回來了。」

她正兩隻手提著畢業證書的邊緣。因為拍畢業照的緣故，她畫著淡妝。

「是啊，我回來拍畢業照。畢業快樂。」我有些尷尬地說到。

「回來就好，畢業快樂。」她仍自然微笑著，彷彿那天下午什麼也沒發生一樣。

校門口兩旁的桂花樹含苞待放，已經散發出幽香，天空中微微飄著幾朵白雲，清風吹拂著，令人感到分外爽朗。

校園的出口人頭攢動，我有些不知所措。

「我們去花園裡轉一轉吧。」蘇芸提議道。

我連忙答應：「好啊好啊。」

於是我便與蘇芸走在一起，穿過了擁擠的人群，朝校園的里的小池塘走去。

小池邊沒有校門口的喧囂，彷彿與世隔絕一般。我們看著這熟悉的小路，池塘里的金魚和烏龜，想必會在未來想念這盛夏的美景。

我們走到了池塘邊，坐在樹下的大石頭上，那是我常和林哲英在踢完球之後乘涼的地方。種種回憶一時間湧上心頭，我不知從何談起。

「蘇芸，我有件事想和你講。」我看著蘇芸的眼鏡，說到。

「我打算去唸國際學校念高中，我打算去美國讀大學。」我說。

「這個決定，我只告訴了你一個人。」說完，我便轉頭看著池塘，沒再看著蘇芸。

蘇芸笑了笑，回應我說：「決定要去美國嗎，那可要一起加油嘍。」

蘇芸沒有一絲驚訝，只是靜靜地看著池塘里的金魚游來游去。她似乎把我出國的決定背後一切的原因都看透了。亦或許，她根本就毫不在乎。不管是那種情況，我都有些失意。

這時蘇芸突然問我：「你有麵包片嗎？」

「什麼？」

「麵包片。我想撕點麵包片餵金魚。」蘇芸說。

「這我哪兒有啊，小賣部今天也沒開門。」我說。

「那好吧。」蘇芸笑道。

「你什麼時候出國？」我問。

蘇芸沒有立刻回答我，她撥弄起路邊的小花。

「我沒有林哲英那麼好的腦袋，還要繼續考托福，還說不准呢。」她說。

這時我才意識到自己問題的魯莽，連忙道歉：「抱歉哦，我不知道你現在是這樣的情況。」

樹蔭下的我們沒有感到太多夏日的炎熱，陽光透過樹葉的間隙照在蘇芸白淨的臉上，她淡淡的妝容顯得更加清澈透瑩。

我看著蘇芸，想起了過去和林哲英對她外貌的評價，突然漲紅了臉。

我連忙站起了身，看池塘的另一邊的烏龜游泳，不再看蘇芸。

我們沉默了一會，只見校門口的人群已經逐漸散去，學校也馬上就要關門了。我和蘇芸也不能久留，於是我們都站了起來，踱步走過池塘，向校門口離去。

等到了校門口，我和蘇芸不得不告別。

我問蘇芸：「我們還會再見面吧？」

蘇芸輕鬆說到：「當然了，隨時聯繫！」

「好的，隨時聯繫。」我說。

之後我們互相道了別。

初中的最後一天就像每一個放學的當晚一樣，別無尋常地結束了。

學校裡已經空無一人，我一個人站在學校外，一時間竟不願離開。

我繞著學校外的馬路來回走，這巴掌大的地方每一寸的土地我都瞭如指掌。我太熟悉這片校園了。我與這片土地彷彿已經成為了朋友。

回憶自然而然湧上心頭。我開始回想起學校裡遇到的每一個人，讀過的每一本書。甚至有那些個難眠的夜晚，我都歷歷在目。

夜幕也悄然降臨，它彷彿映照著我初中時代的落幕。我看著天上皎潔的白月亮，在內心尋找著仍未完成的願望。

我突然想起那座我未曾有勇氣登上的橋。

我跑起來，沿著小路向橋奔去。

路邊的花花草草彷彿都舞動了起來，似乎冥冥之中在催促著我說，到橋上去，到橋上去。

過了最後一個拐角，橋出現在了我的眼前。

我看著橋，依舊是那座橋。橋的門口仍被低矮的柵欄封鎖著。

我走到那柵欄的旁邊，試著用手去挪開它。

我用盡全身的力氣，使勁一拉。隨著鋼鐵碰撞瀝青地的幾聲悶響，柵欄被我拉倒在地。

橋門被我打開了。

我尋著微弱的光，一步步地試探著，向橋上走去。

橋上有許多的碎石頭，我走著走著，襪子裡進了許多小石子。我感到有些彆扭，也有一點膽怯。

可隨著身邊的圍欄逐漸降低，橋也快見頂，我彷彿就要看到橋那頭的景象了。

我忍著腳下的磨石的鉻澀，沒有回頭，堅定地往前走著。

身邊的圍欄終於低過了我的頭頂，我看向橋的兩側。

只見市中心的高樓大廈盡收眼底，我看見遠方的大褲衩，在眾星捧月的小樓之間屹立著，望京SOHO和阿里巴巴的大廈則離得更近。

橋下是兩股大道，車流不息，它們飛速在我腳下穿行著，車燈劃過車道，留下了各自的光軌。

我被眼前的美景驚呆了。這是我見過最美的北京的夜晚。

而當我向橋的另一邊看去——一排如出一轍的矮柵欄封鎖著橋那一頭的入口，而橋的那邊，不過是另一群低矮的，在平常不過的房樓。那裡的一切，和橋的這一邊比起來，不過是一樣的普通。

但這並沒有令我失望，橋那邊的景像已經無所謂了。

看著橋兩側的美景，我不由跪在橋面上的碎石粒上，把頭探出圍欄的空隙。

我用雙手比作喇叭，向橋下的車流大聲叫喊著：「啊！你們聽見我了嗎！啊！」

「我畢業了！」

我換喊著不同的口號。

「我在橋上面！你們聽得到嗎！」

等喊到頭皮都發麻了，便躺在地上，盯著天上圓圓的月亮傻笑。

身邊的風漸漸涼了起來，我這才意識到，時間不早了。於是我忙爬起身來，連跪帶爬得往橋下跑。我又一次費勁力氣，把那矮柵欄從地上抬了起來，把橋的入口再一次堵住了。

回家的路上，我乘著熟悉的雙層巴士，當我再一次穿行東三環，看著路邊的大褲衩，感到意外親切。

中考的那些天很快就到了。

當日，街道上的車輛少了，鳴笛也少了。人們看見穿著校服的我，都投來鼓勵的目光。那些從不會為我讓行的車輛，甚至都會主動停下來。司機們擺著手示意著，讓我先過。我作為一個初中生在中考這一天，彷彿享盡了做人的全部特權。

我預想中考會是一場緊張激烈的個人較量，但我錯了。

考場是無比寧靜的，人們也沒有我想像中那樣緊張，一切都很平常，與平日里的統一測驗沒有任何不一樣。

我抬起筆，答起了第一份試卷。

考場里雅雀無聲，我彷彿一個人坐在那裡，就像我在家一樣。總之，一切就像是訓練過程中的模擬，平淡得令人甚至感到無聊。

我就這樣一科接一科，很快就應付到了最後一科英語考試。

那場英語考試，我很快就答完了試卷。檢查了兩三遍之後，我便把筆放下，靜靜地看著窗外。

一切都塵埃落定了。

我想起來那場百日誓師上，校長激動人心的演講。

他說錯了。我們根本不是戰士，因為沒有人在和我們打仗。

中考，就如同一陣小小的海浪，往海岸上撲了一剎那，又在轉眼之間回歸平靜的海面了。我們是一條條擱淺的小魚，海浪將我們帶回大海。我們隨著歸潮，游向各自應該去的地方。

八

樹

數以萬記擱淺的小魚，其中有一條沒有被海浪帶走，而是爬上了岸，並活了下來，後來變成了兩棲動物。這是三億年前發生的事。

我想成為這種魚。

中考結束後，我的心情總是不能平靜。等待分數是一件煎熬的事情。網絡上瘋傳著各種各樣關於中考分數的預測的消息，以及許多調侃今年題目風格的笑話，也有一些所謂的潛規則和謠言。

「今年的題目明顯變難了！」

「同感，平均分肯定會變低。」

「出題人全是海淀和西城的，你看今年物理這考題，一下多了那麼多實驗題，我們朝陽的根本沒練那些題，海淀西城的人就練了。這太不公平了！」

我看著手機上的QQ空間，類似的消息洗刷著屏幕。時間在手機的維度上彷彿被調快了很多倍。考試之後等成績的日子，每一天都飛馳而過，而我也什麼都沒有做。

我一遍遍估算著自己的成績，能不能到540呢？感覺今年的題目有些難，可能錄取分數線也會降一些吧。我考得感覺很一般，語文題還是不太會做。

前思後想，我心裡還是一點主意都沒有。

終於到了出成績的那一天。我一大早就開始等候成績，在電腦屏幕上反复刷新這界面，想第一時間看到自己的分數。

「550分。」

我看到刷新出來的界面上赫然寫著。

分數令我驚喜了兩秒鐘。可是隨後看到自己的區排名，只排到第五百名。甚至比去年的550分還要低一些。

「怎麼回事呢？好奇怪。」

我感嘆著，今年的題明明難了很多，身邊的人都這麼認為啊，分數沒理由比以前高啊？

我有些慌了神，不知道這個分數還夠不夠用了。

我開始在百度上看著各種各樣的消息和新聞。

「北京中考分數今日出分，各區平均分均有顯著增長，是九年義務教育質量穩步提高的表現！」

「初中生學業減負不減質，北京中考分數各區實現『大滿貫』，基礎教育全面減負教育改革初見成效！」

又是一片鋪天蓋地的新聞。

「一看就知道朝陽區高分段都被壓分了，就是怕他們跨區。低分段都被抬高了，平均分甚至比海淀西城還高，我真是呵呵了。」

QQ空間彌散著各式的謠言。

「分數出了，接下來的三年依舊效忠國中，感謝身邊親友和老師們的支持！」

只見我的下鋪學霸發了這樣一條說說，配了一副他中考的分數，這是他三年以來第一次發說說，圖片上寫著他的總成績：562分。

我合上了手機和電腦，不再去看那些消息。我停下來手邊的一切，閉上眼，靜靜地坐在椅子上，專注於呼吸。等當一切雜念和紛亂的心情都散去時，彷彿只有呼吸聲與我相伴。

我睜開眼，重新開始思考。

我該怎麼辦？

我打開了電腦，搜索起「首府國際學校」2020年的招生規則。

「面試時間：7月2日，早上九點開始，需監護人陪同。」

7月2日，正是今天。

我看了看鐘錶，七點過五分，還有兩個小時。

「爸媽，我出分了，有件事情想跟你們說！」

母親正準備出門，而父親則在吃早飯。

我從臥室跑出來，很認真地看著他們，重複著：「我有事情跟你們說。」

父母都看向了我。

「我考了550分，我想去美國，我想去上國際學校，今天早上面試，你們可不可以帶我去。」

父親愣了一秒，然後放下了筷子，問了一句：「這個分數是不是挺好的？怎麼突然要出國，之前從來沒聽你說過。」

「爸，我這個分數可以上國中，可是我第一志願報的是首府國際學校，我這件事想過很久了，我覺得可行。我想你們今天可以抽空帶我去面試一下。」我堅定地看著父親的眼睛，說道。

母親也放下了手上的文件和背包，眉頭微微皺起來，坐到了沙發上。

「兒子，你上國中多好啊？怎麼突然想要出國呢？」

父親示意母親不要再說下去，母親便沒有再發表意見。

父親想了一想，冷靜問到：「這可是很大的決定啊。你說的這麼突然，你要怎麼讓我和你媽怎麼相信你呢？」

我把電腦上之前查的美國大學的資料拿給他們看了看，哈佛，耶魯，那些美麗的教學樓，和優秀的學術資源。

父母看了也覺得這些學校非常吸引人。

我又給他們看了首府國際的招生簡章。

他們開始思考起我的話。

「還有，我算過，高中學費一年十五萬，大學學費一年四十萬，總共下來需要兩百萬。爸，咱們應該擔負的起，對吧？」

說完，我猛吞了一口口水。

時間指向七點四十。

父親看著電腦屏幕上的資料和信息，又停下來靜靜地想著些什麼。我則內心焦急等待著。

片刻之後，父親不再看電腦，轉過來問我：「看來看去，你跟我講一下，你為什麼要出國？」

我被問得有些措手不及，想了一下，回答父親：「因為我初中最好的朋友們都出國了，我覺得他們都是很優秀的人，我也想跟隨他們的步伐。留在國中我受不了。」

父親輕蔑地笑話我說：「小兔崽子。你媽和我已經就覺得你以後乾個差不多的活就行，別給這個社會添亂就成。沒想到你還有點自己的想法。」

說著，他又拿起筷子吃早飯。

我仍站在父母面前，堅定地站著。我今天非要說服他們不可：「我真覺得可行。求你們再考慮一下，今天上午九點面試。」

說完，我轉頭用懇求的眼神看著母親。母親迴避著我的眼神，小聲嘟噥到：「你別指望我，你聽你爸的。」

父親又放下了手裡的筷子，擦了擦嘴，然後轉向母親說：「你今天沒什麼事，就陪孩子去面試一下吧。」

聽到父親的最後通牒，我欣喜若狂，連忙道謝：「謝了爸，太謝謝了！」

「我是叫你去試一試，畢竟多一個機會。到底出不出國，那是大事，前提是等你過了面試再商量。」他說。

我忙又謝過了父親。

母親放下了公文，只拎著包，帶著我的證件和我一起上了地鐵，走上了去往海淀區的路。

此時是早上八點。

母親一路都很高興，今天因為我她不用去上班了。她趕緊跟單位的上司打著電話：「餵，老宏，今天我兒子中考出分，考很好，要去參加個國際學校的面試，請個假啊。」

她一邊打著電話，一邊笑著。

「誒呦，恭喜恭喜。國際學校啊，挺新鮮，去吧去吧！」電話那邊的聲音說道。

地鐵開了幾十分鐘，我和母親終於在八點五十分卡著點到了國際學校的大門。

只見學校的門口擠滿了人。

我和母親只能站在人群的邊緣。抬著頭往裡看。

首府國際的門牌是一版厚重的深褐色大理石，與學校的磚牆，道路的顏色搭配一致。

門口和入口的沿路生著幾頂大樹，茂密的綠葉把所有人都照在一片巨大的林蔭之中。整個校園的基調顯得更加的深邃和靜謐。

負責招生的人是一個帶著眼鏡的矮矮的中年女子，身體已經發了福。

只見她拿著一個大喇叭，有些晃蕩地站到門口的保安台上，對擠在門口的上百號家長和學生喊著：「各位家長，同學們，歡迎你們來到首府國際學校參加面試。」

「今天早上的中考成績已經出了，請550分以上的站在左邊這隊，可以直接面試簽約，550分以下的同學需要額外參加加試，請站在右邊這隊。」

天哪，我也太幸運了。我看著手上打印出來的成績單，正好550分，真是走了大運了。

我和母親相視一笑，然後隨著人流開始分隊站。只見人們大多都擠向了右邊的隊伍。這令我又增添了幾分欣喜。

隊伍很長，我等待了大概三十分鐘，終於到了我的輪次。

「請出示一下你們家的戶口本，或者七類人的證明，以及你的中考成績。」

我把我的戶口本和中考成績給了招生的老師。

她看了看我的成績，然後對我和我的母親說：「可以直接去參加面試了，往裡走到行政樓裡等待叫號。」

我拿了我的排號，然後和母親短暫打了招呼，便走進了校園。校園的入口裡一個人都沒有，只有我走在學校的入口大路上。

我乘著蔭涼，看著兩邊的大樹，心生了莫名的歸屬感。行政樓就在眼前，我輕輕地邁過台階走了進去。

只見另外五六個同學坐在一間辦公室的門口，等待著叫號。我則坐到了他們的旁邊，靜靜地等待著。

「13號，林加德。」

一個體態豐盈，妝容精緻，看上去五十歲左右的女老師叫了我的名字。她手裡拿著一摞表格。

我向她走去，然後她問到我：「你的數學成績是多少？」

「119。」

滿分是120分。

只見她滿意地點了點頭，臉上露出欣賞的微笑，把我的分數寫在了她的表格上。接著她又問：「英語成績是多少？」

「119。」

她又滿意地點了點頭，然後便示意我進去面試了。

面試我的是一個有些年老的白人。他問了我一些平常的問題，我的英語口語不好，但我回答得很輕鬆，更像是在和他聊天，而不是一場面試。

最後我拿了一個「A-」的面試評級，然後拿著成績走出了門。

那個體態豐盈的女人拿了我的成績，然後跟我講，讓我把母親也帶進來，可以簽訂入學協議了。

我忙高興地感謝她，然後便帶母親進了學校。

「家長你好，先選一下你們的項目，中英A-Level，中美AP，和全球通用的IB。」女人看著母親，向她快速地介紹著。

母親一臉茫然地看著女人，又看了看我，點頭向我示意著：「那我不知道，你問孩子。」

我想了想，蘇芸去的是美國，網上最先搜出來的也是美國，我也應該去美國，於是我選了AP。

女人又接著跟我們說：「好的，那我們需要接下來簽一個約。這個約就是說，你們簽了就不許跟別的學校再簽合約。你們考慮一下簽不簽，不簽就去再找別的學校吧。」

她的語氣雲淡風輕，異常冷靜。

我看看母親，母親又看看我。她沒有主意，我也有些拿不定主意。

我看了看身後，學校門口擠兌著的蜂擁的人群，又看了看手邊的合約。

「簽。」我對女人篤定地說道。

簽完協議的那一剎那，我如釋重負，新的生活在向我招手，一切都像新的一樣。我拿著這一紙合約，沿著林蔭大道又走了回去。

我笑著擠過門口的人群，人們向我投來羨慕的眼光。不僅如此，一個接一個的留學輔導人員在門口攔著我，向我和我的母親推銷著各種留學服務。

我和母親都很高興，一種優越感湧向心頭，但我們謝絕了這些留學服務，只一股腦往家走。

我迫不及待告訴父親，還有我的朋友們，林哲英和蘇芸，我今天被國際學校錄取的好消息。

回家的時候，我和母親沒有再坐地鐵，而是選擇坐公交。看著身邊的高樓大廈川湧而過，我躺靠在座椅上，開著窗戶吹著風。陽光照在我的手臂上，臉頰上，一時間，我覺得一切彷彿都有著可能。

考學的事情，自然要先與父親商量。

「爸，我簽了和首府國際的協議了。」在當晚的餐桌上，我跟父親講著我今天的經歷。

「你心意已定？」父親邊吃飯邊問我。

「嗯對，我打算去那裡念高中，以後準備去美國念大學。」我很小心地跟父親解釋著。

「這件事，我想你應該是想過一段時間了。我身邊也有不少家長把孩子送去外國念大學，現在挺流行。」父親仍然一邊吃著飯，一邊講。

母親一直不說話，我也沒有插父親的話。

我們三個人沉默了一會兒，父親開口說：「我們想著你要是能讀到碩士，可能會去出國讀一讀，現在大部分人都這麼幹。」

父親吃完了飯，放下了碗筷，坐在沙發上，一邊思考著，一邊跟我講：「但沒想到你這麼早就想走，還是你自己提出來的。我和你媽都沒做好準備。」

「高中這三年，我們都有時間做準備。」我接了句話。

「唉，你不懂啊。出國的事，我和你媽都不懂，接下了的路，只能你一個人走了。一切只會更難，不會比你考高考輕鬆。你要是為了逃避高考，我勸你還是死了這條心。」父親說。

我沒有直接回复父親，而是回到了自己的臥室，熄了燈，躺在床上想。

我想到林哲英，沒有他，我不會去學英語，更不會有後面為他出頭的那天。我對現實生活的不滿，全是來源於對他的生活的羨慕啊。

我貪圖的難道真的是容易的生活嗎？我從一開始就知道，林哲英準備出國前的那段時間，比身邊其他每一同學都辛苦，而他到了海的那邊，也仍然在努力生活，沒有一絲懈怠。

父這條路只會更難。

我貪圖林哲英的生活，也許是在貪圖那份分明，那份表達，那份選擇，那份自由吧，我想。

可是這些，我留在國內，難道得到不了嗎？

我想到語文老師的脅迫，想到囂張的下鋪，還有哪些人們的嘲笑和無視。總有一種無力感令我感到憂傷，彷彿站在沙坑上，我只能往下沉陷。

我又想到英語老師的鼓勵，想到那些朋友，平時踢球的伙伴，畫得一手世界地圖的娘娘腔，又讓我感到一絲希望。

所有的分析似乎都不可以讓我心中的天平朝一邊倒去。出國還是高考，我拿不定主意。最後我想到了蘇芸。

如果我留在國內，我將永遠錯過蘇芸。我不知道自己是不是對她有愛意，但對於這層朦朧的情感，我本能想要去維繫。我不想錯過蘇芸。

為了這一件事，我想，我心裡已經打定主意了。

天平終於倒向了一邊。

第二天的早上，陽光格外的耀眼。我和父母一大早便都起了床。隨時清晨，卻已經有了幾分正午的炎熱，彷彿太陽已經忍不住想要升到天空的正中央。

我穿了件單衣，就蹦到早餐桌旁吃起饅頭。

我一邊啃著饅頭，一邊跟父親袒露了心聲：「爸，我想好了。」

「我決定出國。不是因為這件事容易，不是因為我想逃避高考。我欣賞的同學，他們都走了。我只是想追隨他們。」

父親放下手上的報紙，刮了一下我的鼻子：「唉，傻孩子。」

他站起身，走到床邊去看風景。

父親背著手，想了想，然後拖著悠長的語調對我說著：「這家裡還要出一個留學生，比老子有出息。想好了，你就去吧。我不攔你。」

我高興極了，饅頭糊都從口裡溜了出來。我只能不斷地感謝父親：「多謝爸，多謝。」

那天，我一個人在家，什麼卻都不想做。

我腦子裡充斥了無數對美國美好的幻想。別人管那個地方叫美國，世界上最富強的國家，到了那裡，一切也會美好起來吧。一時間，我彷佛已經坐上郵輪渡過紐約的海岸，高樓大廈築成的森林在海岸的那邊，自由女神像在向我微笑。

那個暑假，我背了許多單詞，各種學科類的英語單詞，是首府留給我們的作業。

我背得似乎不吃力，兩三千個單詞，兩個月被我背得定瓜爛熟。

對了，除了要學額外的英語，國際學校還有一個不一樣，就是我們要提前學好自己準備上的課。高一的選擇不多，只有幾門比較簡單的AP課可以選，我選擇了微積分和微觀經濟學這兩門課。其他一些語文，政治，歷史，地理這樣的課，我也和國中時一樣，要照上不誤。

我把英語單詞背好之後不久，便開學了。

這所新學校，也是住宿制的，開學前一天，我像初中一樣拖著行李去入住。只是這條新的路，我不再坐公交車，因為坐地鐵更方便。

北京的地鐵十號線，即便到了夜晚八點，仍舊是人滿為患。我拖著自己的行李，拍著長長的隊伍，雖然不擁擠，但是這行李箱還是顯得在人群中格格不入。

列車裡空調很冷，即便人很多，我卻因為穿的短袖，而感到渾身冰涼，瑟瑟發抖。人潮湧動，我手邊拿著那一冊學校發給我們的單詞彙總，本想在開學前再看上幾眼，現在看來是一點機會都沒有了。

我沒有空隙思考，車也很快就到站了，只見人頭攢動著，我順著人流下了車。拖著笨重的行李箱，我走出車站，終於看到了學校。

夜裡的林蔭大道顯得更加深沉而寧靜，樹葉沙沙作響，有樹籽不斷飄落在路上。我沿著林蔭大道往前走，暑意也逐漸散去。

來到了宿舍，只見我的那間小屋上寫著我的名字，和我另一個室友的名字：「鄭文宏」。是個蠻書生意氣的名字。接下來的三年，就是我們兩個人住這個房間了。

懷著一點對新室友的期待，我推開了房門，燈是熄滅的，但有一台沒有合上的電腦擺在桌上，桌上還有一個被摁扁的易拉罐，屋裡有一股啤酒的味道。屏幕的亮光隱約照亮了房間的一邊，只見一個身高一米八五左右的高個男孩躺在一邊的床上，他穿著外套，沒有換洗，已經死死酣睡了過去。

我不忍心開燈弄醒這位室友，睏意也已經向我襲來，於是我從行李箱裡抽出枕頭，其他東西放在一旁，悶頭也睡了過去。

第二天早上，我起得有點晚。睜眼已經快到上課的時間，我看向對面的室友，他和昨晚的狀態幾乎一模一樣，仍然死死地睡在那裡。

「嘿哥們，醒醒了，要遲到了。」

我向鄭文宏喊著。

他這才漸漸睜開眼，重重地干咳了兩聲。

「早啊哥。」他有些有氣無力地說著。

我們都爬起了床，背著書包就去上課了。

「我叫林加德，從朝陽那邊來的。」

「鄭文宏，初中在二中。」

我們路上才互相認識了一下，二中是東城有名的學校。

「你第一節課是什麼？」我問他。

「微觀經濟。」他說。

「巧了，我也是。」我拍了拍他的背，說。

鄭文宏笑著說：「呦可以可以，哥就靠你了。」他也回拍了拍我的肩膀。

我們一起走進教室，他做到了教室的最後一排，我跟著坐在了他的旁邊。

只見他從書包裡掏出一本和林哲英當年背得一模一樣的紅寶書，嶄新的，放在了桌子的一角。

這時，時鐘指向了早上八點。經濟老師壓著點走進了課堂。

他是一個頭髮花白的白人老頭，只聽他慢慢地向我們自我介紹著。

他姓費舍爾（Fisher），是一位來自北卡羅來納的美國人，妻子是中國人。在這個學校已經教了七年經濟了。

他的語速非常的緩慢，就像樹懶一樣。他的牙好像也是假牙，因為他的聲音有一點咬字模糊。

自我介紹完，他又一個個問了大家的名字，每個人都有一個給自己起的英文名，以便外教老師叫得方便。我叫德里克（Derek），我的室友鄭文宏叫山姆（Sam）。

了解了大家的名字之後，費舍爾老師攤開了手邊的那本《弗里德曼經濟學原理》講了起來。

「這門微觀經濟學的課程當中，很多分析都是圍繞一個條件的變化，而其他條件與此同時保持不變，ceteris paribus……」

只聽費舍爾教授慢條斯理地娓娓道來著。

鄭文宏聽了五分鐘，頭就低了下去，他不時點著頭，眼睛卻閉得緊緊的，睡了過去。

我看他有節奏地點著頭酣睡的樣子，忍不住趴在桌上笑了很久。

「ceteris paribus是指，在其他條件都不變的情況下」。

那節課後面的四十分鐘，費舍爾繼續教我們這個拉丁文的詞組的更多的深意。

九

馬勒

年少時總覺得時間漫長，夏天的太陽永不打烊，事實並非如此。

鄭文宏就是一個活在正午太陽下的人，他眼裡容不下影子。

每當他聽到自己不喜歡的課，就閉目養神。比如經濟課，他從不去理會費舍爾老師的句句真言。鄭文宏人高馬大，靠在小木椅上打盹時的模樣像條藏獒。

鄭文宏直率的個性也有向好的時候。每次吃午飯碰到插隊的人，鄭文宏總會讓那種人足夠難堪。

說到吃午飯，我想起首府與國中的一個區別，人們似乎不再抱團吃飯了。

有一大半的人只是匆匆路過食堂，一個人很快吃完份快餐，就又匆匆離開。只有極少一部分的人形成了所謂的小集體，每天形影不離，他們往往是藝術特長生，吃完飯要去排練舞蹈或者是別的什麼演出。

至於早飯和晚飯，除了像我和鄭文宏這樣住宿的學生，不會有人光臨食堂。比起晚飯，吃早飯的人更是少之又少。

某個早上，我有幸早起了一回，和鄭文宏一同去吃早餐。第一節課又是費舍爾的經濟課。我和鄭文宏人手一本厚重的紫皮克魯格曼經濟學，往餐桌旁的椅子上一放，去點各自的早餐。

鄭文宏吃早飯的習慣是極其怪誕的。他只吃煮雞蛋，每個早上吃十個，並且不吃蛋黃。

我問他：「你為什麼不吃蛋黃？」

鄭文宏說：「不如蛋清健康。」

至於為什麼他只吃雞蛋，只在早上吃，我沒有繼續追問。

我點了一個雞蛋灌餅，還有一碗豆漿。

清晨的時間是一轉眼就會過去的，朝陽映出窗沿的掠影，隨著分針的刻度在地上掃過相似的弧度，我吃早飯的速度也被動地緊張起來。

雞蛋灌餅份量很小，不一會我就吃完了，但豆漿燙口，我只能一邊幹坐著等豆漿涼下來，一邊看鄭文宏吃雞蛋。

鄭文宏剝開一個又一個雞蛋，熟練去著蛋黃，然後一口一團蛋清，不經意間，已經吃到最後一個了。

待他吃完每一個雞蛋，我也剛開始抿起豆漿。

鄭文宏抹了抹嘴角，突然問我：「林加德啊，你能不能教教我經濟，我上次的小測只考了二十分。我瞟見過你的分，你是怎麼考的一百？」

經濟小測是每兩週一次的，只不過是十道選擇題，但凡讀了書，基本都不會錯，鄭文宏能得二十分，很可憐。

我安慰他說：「沒事，下次會考好的，一次小測而已。」

然後我繼續喝著豆漿。

鄭文宏繼續解釋著自己的苦惱：「我也讀了書，書上的詞我也都認識。只是看了後一個詞，我便忘了前一個詞。一整章的書我讀完以後，沒記住一句話。我上課也不是故意想睡覺，我真希望自己能一直保持清醒，聽費舍爾講課，但每次我都不由自主睡著，我能怎麼辦呢？」

他的聲音嚴肅而深沉，並且富有磁性，拋去內容單評論語氣，彷彿一個領導在發表演講。他一邊說，一邊瞪著眼盯著我看。他的雙眼水靈靈的，劍眉星目。我從他的眼神裡感覺到他無比的真誠，同時又有一絲畏懼他眼神裡的犀利。

他真的是在求我幫他，但不是一種祈求，更像是一份我不得不答應的訴求。

我答應道：「那以後小測之前，早餐的時候我帶你過一遍知識點，這樣好吧？」

鄭文宏連忙點頭，紅光滿面地笑著說：「誒好好好，太感謝你了。」

只見他站了起來，伸出雙手和我握手。我猝不及防，趕緊放下手邊的豆漿，應和著握了鄭文宏那沾著蛋清粒的手，尷尬地笑了笑。

我們就這樣定下了經濟複習的計劃。

後來的經濟課上，他又從書包裡掏出了那本紅寶書，放在桌角，看上去依舊是嶄新的。

那天的經濟小測上，他考了四十分。

我沒有一點瞧不起鄭文宏的意思，這一切都是事實。

只是他作為一個再正常不過的高中生，在這門極其基礎的經濟課上異乎尋常過於低下的表現實在是有幾分喜感。

和他復習的時候，當我講到諸如『當其他條件保持不變時，產業科技提高的時，供給曲線上移，平衡價格降低』這樣完全從書裡照搬的微觀經濟學原理時，他都會瞪著大眼睛盯著我，又盯著書看看，然後回應我一些『嗯』，『啊啊』，『okay』這樣敷衍的話。

我沒有刻意誇張鄭文宏在經濟課上糟糕的表現，事實就是如此。但這不代表他是個愚蠢的人，他在別的科目上的表現往往是不糟糕的，但也算不上優秀。客觀地講，最多只能算是班裡25%到50%的水平，這是有些不盡人意的。

鄭文宏取得這樣的成績，也許是因為他的天資確實缺乏幾分聰穎，也可能是單純的還沒有適應新校園的學術環境，但可以肯定的一點是，他嘗試過並且努力了。

大部分這個成績區間的同學，往往都面臨類似的問題，也就是不夠聰明。

然而有一個同學，同樣取得了與鄭文宏類似的成績。但他卻與眾不同。他叫令學東。令學東是一個沉默寡言的人，但人們對他的是非議論卻很多。主要是關於他的父親和爺爺。傳聞說他是紅三代，爺爺的父親是抗戰時期毛主席的司機，後來成了交通部的部長，等等。

從外表上看，令學東也確實像一個乾部，他個子挺高，但是骨瘦如柴，肩膀和腰打著佝僂，帶一副厚厚的半框眼鏡，頭髮向後梳。他白白淨淨，一副書生臉。

因為走班制度和每個人項目的不同，在這個國際學校裡沒有嚴格意義的班級，每一節課的同學都是不一樣的，甚至會有許多高年級的人和我一起上課。我真正得知令學東這個人也不是在課堂上，而是一次課下的偶然。

那是一個天氣晴朗的午後，我一個人獨自吃完午飯，看時間還早，又沒什麼緊迫的事情要忙，也許應該再背一些單詞，但不是些什麼燃眉之急，於是決定在校園裡散散步。

校園裡有很多看山去已經很古老的樹木，木皮已經被拉成了絲，就像圓明園，頤和園裡看到的樹那樣。這樣的樹有很多，樹紮根的位置也沒有規律，只是自然而然地長在綠草地上。

這樣的老樹都很高，不抬頭是看不到樹尖的。像這樣的夏日，即便是最烈的正午陽光也難以穿透這些老樹的層層綠蔭。走在樹下，全然是不會覺得酷熱的。

樹下的綠草是人手可即的地方，自然就被人修剪得整整齊齊。常有鬆鼠在草地上穿梭而過。

學校裡也有一個黃白相間的小野貓，人們叫她阿黃。阿黃不喜歡人多的地方，會故意躲避人群。

一天吃完午飯，我幸運的瞟見了阿黃。

於是我跟著阿黃的腳步走，想要靠近它，阿黃卻躲著我，時刻與我保持著距離。

我不識趣，仍鍥而不捨跟著阿黃的腳步，只見阿黃一個轉彎突然轉到一個只容的下貓身的牆縫之間。

也許這裡就是阿黃的家吧。

我這才意識到自己打擾這無辜貓生的行為是多麼錯誤，便沒有繼續跟隨。

這時我抬頭，發現自己走到了學校的音樂廳。這是學校的管弦樂隊排練的地方。

我聽見音樂廳里傳來曼妙的古典音樂聲，應該是在排練。

出於好奇的心思我走進了音樂廳，也沒有保安或是什麼鎖著的門。我尋著聲音，一路走到了主廳。

只見台上的表演者們正專注地排練著，台下的座位上除了第一排的零星幾個老師，再無他人。

我從最後排的入口走進大廳，坐在最後一排放鬆地聽著。這時我環顧四周，這才發現，原來我左邊還坐著一個人，他坐在整個會場的最角落。

只見到他正沉浸地聽著音樂，翹著二郎腿。他把手機搭在那條更高的腿上，屏幕上是黑白相間的樂譜。他低垂著腦袋死盯著屏幕，厚重的眼鏡都要蹭到屏幕上去了。他的雙手則像指揮一樣舞動著。

他的節奏很準，力道也很勻稱，感覺上與這個我不曾熟悉的音樂完美地吻合。只是他纖弱的手臂和慘白的皮膚，顯得他的每一個動作都過分僵硬了。

排練很快就結束了，這人也不再揮舞雙臂，而是抬起手來用力的鼓掌，雖然只有他一個人鼓掌，但可謂是掌聲雷動。他一邊鼓掌，嘴裡還一邊盡力地喊著：「BRAVO！」

他這瘋子般的喝彩聲引得全體管弦樂成員不再看指揮，反而轉眼看向他，沒有人說話。指揮的老師停下了對彩排的評論，對這意料之外的喝彩毫無準備，只能和管弦樂的同學們，以及第一排的一兩個老師們面面相覷著，保持沉默。

可笑的是，這個吸引了會場全部注意力的角落裡的男人，卻根本沒有看過舞台上的演出哪怕是一眼。一直以來，他只是專注地低頭看著那屏幕上的樂譜而已。

我不知道他到底是在為什麼鼓掌喝彩，但絕對不是為舞台上排練的人們。

幾秒鐘之後，他的叫好聲和鼓掌聲戛然而止，自始至終只有他一個人這樣做罷了。

在那之後，他提起膝蓋尖上搖搖欲墜的手機，塞進兜里轉頭就走。依舊沒有看舞台上的人一眼。

離開時，他的眼神飄過我，我也看著他。他對我的注意顯得很是不耐煩，只見他加快了離開的腳步。

我仍觀察著他的背影，他的腿和手一樣的纖細，如同殭屍一般。

後來我從別人的之言碎語裡得知，這個人就是令學東。

那天管協樂團排練的曲目是馬勒第二交響曲。

從音樂廳走回的教室的路上，我又原路返迴路過了那中心大道的林蔭路。這條路雖寬廣平攤，並且令人心神寧靜。但是它卻缺少著國中校園裡那樣的一灣池水。

我總擺脫不了對林哲英和蘇芸的想念。

得益於社交網絡的發達，我和林哲英變成了定期交流的網友，我們大概每隔一兩個月，便會在微信上洽談個數把小時。

他現在正在為考牛津大學的政治經濟哲學（ＰＰＥ）項目做準備。

至於蘇芸，我們自從中考之後都沒有過聯繫。

由於對他們二人時常的思念，國中那小小的一塘池水和那不愛冒頭的老烏龜也時常會順勢衝出我的回憶。

每一次我走過現在這所高中的林蔭路，都會盼望著，轉過這個彎就可以看到那塘池水，看到林哲英和蘇芸坐在那大石頭上吃著ＭＭ豆，喝著飲料。

這一切自然不會真的發生，我便一次次失望。

白天的生活總是充實而短暫，時間彷彿一晃而過，我常苦於自己不夠勤奮，做不了足夠的功課，總有乾不完的計劃和學不完的知識。

當宿舍熄燈之後，一切未完成的計劃便被我拋到腦後，我只想閉眼睡覺，卻又有另一批怪物跳出我的腦海和我的意志作鬥爭，那就是回憶。

我在夜裡常會想起蘇芸，她的頭髮，她的面龐，她的嘴唇，以及那雙唇中冒出的對我吐露的話。

甚至有時，我會因此失眠。我會光著身子在陽台踱步徘徊，那時我的腦袋一團糟，回憶灼燒著令我頭痛，我打開窗戶讓冷風吹進來給自己降溫。直到凌晨兩三點才能在憂傷與遺憾中入睡。

也許我應該主動聯繫蘇芸，但我卻想不出一句合適的話來開口，更缺少一份再次和她取得聯繫的勇氣。

日子就這樣晝夜反復進行著，一不留神就快到了期末。

這時大家都到了每個學期最緊張的時刻，幾乎每一科目的期末考試成績都佔據了最終績點的很大一部分權重。一些成績沒達到理想目標的同學都指望著靠這次考試翻盤，那些成績優異的同學也不敢掉以輕心，一不小心就會前功盡棄。

誠實地講，我介於這兩者之間，有一些科目我要搏一搏，也有一些科目我是很穩的，比如費舍爾的微觀經濟學，我學得很不錯。

那時每週都有一節必須出勤但完全無關緊要的課，叫做年級會。

年級會每週都會定期進行一次，按項目分成三個時間段進行，A-Level，AP，和IB。年級會的主持人則是我們的年級主任。

年級主任對我來說並不陌生，正是我在接受面試之前，記錄我成績的那個體態豐盈的女人，她叫劉主任。

年級會上，劉主任向來只講廢話。因此我總是坐最後一排聽那課。尤其是在這種期末複習前的節骨眼上，我真的很需要時間和沈靜，更不能聽這個劉主任胡言亂語。

鄭文宏也是這樣一個實在人，每到劉主任的年級會，他就會坐到我身邊。比起劉主任的廢話，更令人繞怒的是她神出鬼沒的出勤以及陰晴不定的心情。有時她只是單純鴿我們，有時她會遲到大半個鐘頭，然後一臉怒火地走進教室，把自己遲到的原因驢唇不對馬嘴地怪罪到我們學生身上，有時甚至是我們的家長身上。

今天就是這樣的一天。

距離既定的上課時間已經開始了半個小時了，劉主任仍然沒有出現。在我們都以為今天她不會來了的時候，她卻推門而入，一臉不愉快。等她平復下心情，安頓在講台前，便開始了講話：「最近有很多同學惹外教生氣，說你們上課的時候睡覺，玩手機，這是極其不尊重的行為。我不知道我們這個項目怎麼能教育這樣行為不端正的學生。你們不覺得這很缺德嗎？」

只見她眼神鋒利，嘴巴故意用力抿著牙，咬字清晰而尖銳，聽上去像屠夫切肉一樣乾脆利落毫不留情。

劉主任接著說：「我不是說所有人。」

說到此處，她眼神晃過那些她眼裡品學兼優的個別尖子生，這些人都坐在前排。

然後她又轉頭沖向那些她完全不記得名字的陌生面孔，比如說我和鄭文宏，這種總愛坐在最後一排的人，說：「但是你們當中的確有些人，弄得我們的外教團隊很不愉快。我剛剛就是去跟其中一個外教不斷地交流和協商，調解衝突。」

鄭文宏瞪著劉主任，正兒八經地罵了一句：「我操你媽。」

後排的幾個人聽見鄭文宏鏗鏘有力的咒罵聲，不禁笑出了聲。我則示意鄭文宏，這樣不合適，小聲說一說就得了。

因為開會的教室很大，我想劉主任還是沒有聽見的，前面的同學也沒有任何反響。

劉主任沒聽見後排的謾罵，只聽到了笑聲，於是她抓準機會接著訓話。紅黑相間犀利的短髮搭在她寬大的面龐上，顯得她整個人更加蠻橫而不講道理。

「還有人在後面嬉笑，不知廉恥是不是。是你們害我不能及時來到這開會。你們這是作繭自縛啊同學們。我不點出那些人的姓名來，是給你們留下面子。這些是說給你們所有人，有則改之，無則加勉。」

說完，劉主任的目光又隨意掃過我們這群坐在後排的人。

整段講話用了不到五分鐘的時間，然而這趟課還有二十五分鐘需要打發。正當我以為可以開始安靜地學習的時候，劉主任卻讓電教委員把講台前的屏幕打了下來。並且關掉了教室裡的燈。

屋裡一片漆黑，那些在手下偷摸看書的同學都小聲罵著娘。

至於劉主任，她開始播放一部紀錄片，名字好像叫 The Secret。

於是這節課剩下的二十五分鐘，我們在坐的各位同學都被迫欣賞了這部堪比邪教的影片。

概括一下，這部影片闡釋了一個觀點，就是說只要人們相信一件事情，並且相信得足夠堅定，這件事情就會發生。這是任何偉大的事情發生的充分必要條件，就是要足夠相信。

坦白講，我不認為這是一個糟糕的觀點，但整部影片的基調和論述卻顯得極其洗腦和可疑。

下課鈴聲響起時，我們正等著劉主任暫停影片，結束這節年級會。

出乎意料的是，她人早就已經走了，估計是按下播放鍵之後就已經走了。黑暗之中，坐在後排的我們絲毫沒有察覺。

逐漸意識到劉主任不在場的同學也開始紛紛離席。電教委員把屏幕關了，燈也被打開了。

只見鄭文宏拍案而起，亂罵到：「真是放屁！每週還要來聽她丫開這個狗屁年級會，開會也不聊正經事。到現在了我們連空調都沒有，學校連充電插座都不讓學生用。她丫還老放我們鴿子。真不是東西。」

然後他拽著自己的書包大步流星地離開了。

我在後排嘆了口氣，回過頭來繼續讀那冊讀了一半的Reader's Digest。

後來的期末考試如期舉行了，我那學期當了回全A生。

其實全A沒什麼難度，只要平時恰如其分地完成課堂的任務，不會有多困難，做了就行。

事實上有半個班的同學都斬獲全A。至於另一半的人，出於各種各樣的原因就是沒有拿到全A。

我對外教們的觀察，也並不認為他們對我們有劉主任口中那般不滿。

我確實碰見過一個叫做阿普的印度數學老師，在課上罵我們不夠聰明，一點小小的求導要教這麼多遍。但也就僅此而已，與紀律無關。

話又說回來，劉主任所指出的問題，確實是客觀存在的，的確有人上課睡覺，玩手機。我也鮮有這樣做過。

但是平時課上睡覺玩手機的慣犯們，往往都坐在後排，不會影響坐在前排聽講的學生。外教們的講課流程是極其機械化的，但凡那些不聽課的學生不影響聽課的人，對於劉主任口述的那些現象，他們往往都是滿不在乎的。

當然，類似英語寫作，口語訓練，這樣甚至不到十個人的小班課，則是沒有人敢睡覺玩手機的，也不在我所討論的行列之內。

提一句，那個學期鄭文宏的經濟得了F，也就是沒及格。值得肯定的一點是，他盡力學了，我也盡力幫他復習了。鄭文宏後來也沒有再選修過經濟相關的課程。

十

水晶燈

寒假，我迎來了上高中以來的第一個春節，今天是正月十五。

關於那個元宵節的記憶是短暫而單調的，托福的考捲和試題佔據了我大部分假期裡的時間，但托福依舊是我未能攻克的難關，時間轉瞬即逝，比以往走得都更快了一些。

我對時間的概念在那一個冬天彷彿被上了弦。除了一張平庸無奇的成績單，過去的半年裡我一事無成。時間比我跑得快太多了，我有種追不上它的無力感。而在人生這條長跑賽道上領先的佼佼者們，似乎也在感嘆著時間走得太快。我花了太多的時間左顧右盼，而領先者們也害怕身邊出現挑戰自己的人。人們都奮力地與時間賽跑。

元宵節的湯圓也因為托福題目的干澀失去了幾分滋味，味如嚼蠟。

對於我來說，學術上的問題雖然是一個問題，但絕算不上是最大的問題，因為來源於學術上的無力感尚且可以通過切實的學習來填補。一套題再難，總有做完的時候。一本單詞書再厚，也總有背完的時候。

但是儘管自己完成了既定的學習任務，每逢閒下來時，就又成了另一番糟糕的境地。空閒如同一個無底洞般把我拽入了另一個維度的虛空。

我在心慌的情緒中無助地掙扎，極力想跳出這無底洞，但腳下也是深不見底的虛空，頭頂也看不到光。

這就是所謂的閒愁吧，我心想。

每當閒愁湧上心頭，大部分的時光，我都在看著窗外的藍天和白雲發呆。

但人本能不會向閒愁妥協。發呆久了，人總會站起來走走。

我在不發呆的空餘，便會拾起一些父親書架上的書本讀讀，碰上好天氣或是心情對了火候，也會跑到三里屯那邊比較新潮的圖書館去獵奇些感興趣的讀物，還可以觀察形形色色的路人和這座城市的景象。

冬天的北京是肅穆的。人們大多來自外地，過年就要回家，那時北京就成了半座空城。而我算是半個本地人，過年不回老家，也就趁機享受這難得的春節的寧靜。

三里屯是年輕人聚集的地方，老城則顯得深沉且更加莊重一些，坐十號線從團結湖出發，到國貿轉一號線，再去天安門轉上一圈，是很有意思的事兒。

走在沒什麼人的街道，看紅牆上結一層薄薄的冰霜。到一個快餐店或是星巴克之類的暖和又有落地窗的地方，看著故宮和人民廣場的雪景，隨便拿本書來讀讀，很是愜意。只是這樣的店鋪通常是美國人的企業，服務好極了，但價格都不實惠。

話說回來，通過閱讀，我的閒愁可以適當緩解。

記得那個冬天，我讀了黑塞的《在輪下》和《德米安》。黑塞的文字太過順暢，傳遞的思想彷彿是從讀者的潛意識裡挖掘出來一般，以至於我懷疑他就是我的造物主。

我對這兩本書的內容的回憶莫名地交織在一起，琢磨起來，彷彿是在思考同一本書，但又講述了不同的故事。毋容置疑的是，莫種程度上，這兩本書都是黑塞寫他自己。

而真實和回憶交織在一起無法分辨時，也就任由它發展，呈現出會呈現出的結果，即是思想的藝術。我想，這就是黑塞的創作理念之一吧。

拋開讀閒書這門老本行，我也擁有了一個新的愛好。這愛好說來古板且無趣，那就是數學。

本來只是打算預習些下學期微積分的課程，但我一看那數學書便上了癮。

我很喜歡這些數學定理的表達方式，定義，定理，證明，引理，推論。字裡行間都無比清晰明了，邏輯通順，挑不出一點毛病。

數學給我的那種被完全說服的感覺超越了一切信仰的力量和各式哲學的玄妙，彷彿就是真理。

只是這種真理的表達太過基礎和抽象，我只能說中值定理是對的，但我不知道怎麼能用它來解答我生命裡的問題，例如，我該如何打發閒慌的時間。

雖然數學不可以幫助我回答這個問題，但是數學本身則成了我用來回答這個問題的一部分答案。

我從一本叫做《同濟高數》的教材開始閱讀，那個寒假我看了上冊的大半本書，一路讀起來都很通暢，也很令人感到愉悅和充實，後來我才知道這就是別人口中的數學分析，理應是大學數學的內容。

這件事帶給了我些許自信，我開始肆無忌憚地學數學。有時碰上一些看似複雜的定理，我會心生膽怯之意，但看懂一則定理，或是解出一道習題時的喜悅，一次次得逐漸戰勝了這最初的面對知識的膽怯，我感覺數學的大門正在向我敞開。

雖然只是短短的一個月的片刻時間的自習，但數學帶給我的這一番自信，是前所未有的。

我帶著這種感覺，進入了高一下班學期的生活中去。

那時我仍然沒有足夠的水平應對那些繁瑣的英語考試，但在數學和物理的學習中，我的自信與日俱增，每一門課程我都輕鬆拿下。

彷彿那The Secrets裡的話正在應驗著，我能做好數學和物理，唯一的原因似乎就是我相信我能做好他們。

有一次我在回宿舍的路上遇到鄭文宏，他當時一臉嚴肅，目光和平時一樣直勾勾盯著前方。

而那天我恰好看到了數學分析裡對緊集的定義，它的諸多優越性令我心情大佳，我便和鄭文宏分享起我最近的心情。

「哥，你還記得那天劉主任播的那個紀錄片嗎，我操，我最近試了一下，真有點用。」

鄭文宏說：「是嗎？」

我說：「真的，你有空也可以試試，真神了！」

待我說完，鄭文宏又問我：「那你覺得劉主任這人咋樣？」

我想了想她的諸多行徑，說：「挺操蛋的。」

這時鄭文宏看向了我，眼裡閃出了光，停下腳步來又問了我一便：「是嗎？」

「是啊。」我說。

這時鄭文宏突然拉住了我的胳膊，另一隻手拍了拍我的肩膀，他的掌心沉穩有力。

然後他拽著我去了宿舍樓下的一間倉庫。平日里，那是個寬敞的空屋，放血廢紙簍之類的破爛兒，從來也不上鎖。

但當鄭文宏推開了門時，我被眼前的景象嚇了一跳。屋裡聚集了三五個人，見到鄭文宏進來，分別向他伸手示意，也有兩三個人向他打著招呼說：「社長好。」

這些人中，有一兩個熟悉的面孔我能叫得上名字，我跟他們揮手打了個招呼，另外幾個人我只是眼熟，估計都是高年級的人。

只見他們席地而坐，有一盞老舊的水晶檯燈放在人群中央，閃爍著橙黃色的微光，照清了每個人的臉，而屋裡的其他一切則仍是暗暗的一片，看不清楚。

鄭文宏點了一下在座的人，似乎是在看人有沒有到齊，隨即關上了門。微弱的燈光顯得亮了幾分，每個人的表情都很嚴肅認真。

鄭文宏開口了，他先向在座的各位介紹起我：「林加德，這是我的室友。」

我向大家打了招呼，在座的各位點了點頭向我示意。

然後鄭文宏接著說道：「鄭文宏，這是『深會』，我們是個不成名的社團，我是社長。」

他接著介紹了在座的各位成員的名字，然後接著對我介紹著：「我們每週三晚上見面，討論學校裡的問題。你願意加入我們嗎？」

說完，他又開始盯我，和要我幫他復習經濟時的神態一模一樣。這彷彿不是一道問題，而是一份我不得不接受的邀請。

我對任何學生組織都沒有什麼興趣，但同時也沒有任何反感，儘管這個所謂的深會不管是內容，氣氛，還是名字都帶有幾分反動和詭異的色彩，分明就是一個上不了檯面的地下組織，但我還是隨口答應了。

「成啊，願意。」我說。

鄭文宏爽朗地笑了笑，又伸出了雙手。我也伸出手和他握手。

「歡迎加入。」鄭文宏一邊握著我的手，一邊說。

我就這樣加入了『深會』。

說罷，我便和其他幾個人一樣席地而坐，圍著那盞古舊的水晶檯燈談起話來。

人們開始各自發言和提問，而我只是坐在那聽。

他們講話的內容，不過是學校裡那些司空見慣的事情，而且全是消極的那一面。有的人提問，有的人回答。不管是提出的問題還是人們的討論和回答，都是真槍實彈的口誅筆伐。

有個油頭向後梳的高年級男生咒罵起學校的早自習制度是毫不留情面。

「這個早起習從來沒有真實的意義過。沒有老師給我們佈置任務，八點上課已經夠早了，還非得讓我們七點半到學校傻坐著，不來還不行，又是挨罵又是記過。這個三十分鐘的早自習除了讓老子一大早就心情不好沒有任何別的意義。」

有個戴眼鏡的哥們，專門做筆錄，聽了油頭男抱怨早自習的話，也不光只是做筆記了。他停下了筆罵了句娘。他身邊的其他幾個男生也都罵了幾句娘。

油頭男見此反響，說得更起興了：「我要用行動抗議，早晚把這個早自習逼沒。老子下週就堅決不去早自習，看學校能把我怎麼著。你們覺得呢？」

「好！我支持你，我也不去！」有人應和著。還有的人為他拍手鼓掌。

類似的討論接連不斷。

這些發言的人言辭鋒利，尤其是鄭文宏，他的聲音最洪亮，最堅定。

他對劉主任顯然有著極大的意見。

那天晚上他說：「我來說說劉主任。本來我是對事不對人的，但後來我漸漸發現，所有這些咱們看不順眼的事，無論大小，都跟她有關係，你說怎麼這麼巧？」

「這話怎麼說？」我看著鄭文宏，問道。

鄭文宏反問起我：「你覺得你的學費用到哪裡去了？」

我答到：「應該主要是用來付那些外教的工資了吧。」

他搖搖頭，繼續說：「我們兩個人一年的學費有四十萬，我問過外教，他們平均一個人一年的工資差不都就是四十萬。而我們的師生比例連一比十都沒有，工資根本就不是大部頭。扣去工錢，我們的學費鐵定還剩下一大部分。」

我問：「那你說這剩下的錢用來幹什麼了？」

鄭文宏答：「這就是問題所在。我不知道這錢用來幹什麼了，但我知道這錢沒用來幹什麼。一，沒用來招更多好的老師，招老師和招學生一樣，都是歸劉主任一手操持的。你看那個英國來的教英語的死白佬Richard，上課除了歧視我們，他狗嘴裡還吐出過啥，你知道他連大學文憑都沒有嗎？典型的洋垃圾，就憑一張白人臉。這種人早該被換掉了。我們必須換更多好的老師，才對得起我們交了那麼多學費，大家說是不是？」

「太對了！」地上的人們贊同著。

鄭文宏繼續說：「二，這錢沒用來買空調，我們這個樓，一到夏天就跟他媽火焰山一樣，這樓建了有兩年多了，空調還沒安上呢。劉主任她自己和校長那些人住在行政樓裡，可比我們待的教學樓舒服多了！你們最近也看見了，外教當著我們的面跟劉主任可抱怨過這件事，劉主任做了什麼？什麼都沒做。她是個好面子的人，外教當著她面抱怨的這件事，總讓她下不來台。誰跟她提她就漲紅了臉。我想她單純是在賭氣，就是不給我們安空調。她要是安了，就相當於是向外教服軟，在我們面前丟面子了。她私下里是外教的舔狗，求著好老師不要走，甚至願意花錢讓他們滿意，但明著其實就只圖張臉面。她以為誰看不破她呢？」

鄭文宏雖言辭激烈，但說的都是大實話，尤其是空調這個問題，我想想就來氣。北京夏天三十度以上的日子太多了，幾十個人擠一個小教室，每天我們都跟蒸桑拿一樣，人都曬成乾兒了。

「三，沒有給中國老師應有的待遇。工資都是劉主任一手擬定的，她崇洋媚外到了極致了。白人拿五萬一個月的錢，中國老師才拿兩萬，說是那些洋人要買機票回家，所以多給。後來我才知道，印度老師只拿兩萬五，還有那個教我們計算機的ABC叫Andy（美國出生的華裔），他拿三萬，我都是聽他們親口跟我說的。你們說，這事不他媽離譜嗎？」

聽到這裡我已經想罵人了。我看到身邊有人比我更生氣，甚至都站起身來。還有人緊握拳頭捶地，以此表達著內心的怨氣和不滿。

「這一切的一切，都與劉主任有關。拋去我們可以看見的確實花在我們學生和老師身上的錢，剩下的學費去哪了，只有她自己知道。」鄭文宏總結到。

「鄭文宏，那你說，我們該怎麼辦。」有人問到。

鄭文宏坐了下來，沒有立刻回答，而是靜靜看著眼前水晶燈裡發出的微光。過了一會，他抬起了頭，環顧著在座的各位，說了一句：「等待。」

這便是那晚深會的社團活動的主要內容。

深會的夜間會議結束以後，大家便各自回了寢室。

我在回宿舍的路上都還在想著鄭文宏的激言，氣不打一出來，滿腦子都是對劉主任的咒怨。

可沒過一會兒，這種怨氣又很快消去了。我看著桌上攤著的習題和書本，窗外皎潔的月光照進屋裡，一時間又恢復了內心的平靜。

我在桌邊又看了會單詞書，洗漱之後，便很快躺在床上睡著了。

次日的早上，是一節世界歷史課。

這學期的世界歷史課，我有幸和令學東分到了同一個組，有時我們要一起完成一些合作性的學習任務。

每次上課，我和令學東便成了抬頭不見低頭見的同桌，我得以對他進行更多的觀察。

他著實是個行為古怪的趣人。他的內在是一個不折不扣的指揮家，他太痴迷於古典音樂了。每次上課的時候，他都坐在最後一排，老師正講著課，他會突然神經質地舞起手臂，打起拍子，雙目緊閉，彷彿腦海中正在進行一場隆重的交響盛宴，指揮棒就握在他的手中。

這怪異的舉止往往會被老師點名批評，他那時才會如夢初醒般恢復正常。

而我在這個歷史課上，則總是認真地聽講，因為幾乎每一條知識都是我聞所未聞的。有一節課上，老師在上面上講述美國的南北戰爭，後面提到了林肯著名的《葛底斯堡的演講》。

巧合的是，這篇演講我曾經在林哲英的引導下閱讀並背誦過。我還準確記得第一段話裡的內容，因此不由背出了聲來。

「Five scores and seven……」

正當我開始小聲背誦這篇演講時，我的身邊忽然傳來了另一串聲音，背誦起相同的段落。

「Five score and seven years ago, our father brought force on this continent……」

我看向身邊的令學東，正是他，在和我一樣小聲地背誦著林肯的演講。

我跟他面面相覷，開始同步地背誦，很快就背完了第一段。

「……that all men are created equal.」

這是我所掌握的全部，然而令學東的背誦還沒有就此停止，他竟再接再厲地背完了全文。

我對他驚人的記憶力讚歎不已。作為學校裡著名的怪人，大家對他的學術水平一直都是瞭如指掌的，他的成績很一般，也是人盡皆知的事情，沒想到他竟有這般好的記憶，令我著實大吃一驚。

背完，令學東看著我笑了笑，很自然，沒有一絲怪胎的模樣。只是他太瘦了，以至於每一個動作都顯得很僵硬，像是骨頭在發力。

下課之前，老師給我們佈置了一份作業，是讓我們每個組，兩個人，挑選一個這兩學期學過的題材，做一個相對深入的調查和研究，要超出課本的範圍，有兩週的時間，然後進行展示（presentation）。

下課臨走時，我拽住令學東，說到：「誒哥，你也太厲害了，那演講你能全背下來。」

令學東低著頭，目光四處搖曳，趕緊否認我的話：「嗨，哪有，你不也會背嗎。這點小把戲，牯牛身上拔根毛，微不足道。行了，我要走了。」

「誒，別急啊哥。太謙虛了，你這是深藏不露啊。話說咱們什麼時候搞一搞這個presentation啊？」我問。

令學東這才回過神來：「啊，那東西啊。我真是一點興趣都沒有，而且這種事要我說完全是浪費時間。瞎子戴口罩，嘴上一套。有這功夫，不如回家多背點美國歷史的典籍。」

他一邊抱怨著作業，一邊把雙手背後，腰板也挺直了，活像個老幹部批評下屬。

我說：「嘿你這說話可忒有意思了，但是咱這作業總得給它做了是不是？」

令學東反倒安慰起我來，說：「哎呀老兄，事到臨頭，總會有辦法的，切莫兔子上樹。」

「兔子上樹？啥意思。」我皺著眉頭問他，心裡有股說不上來的悶氣。

令學東笑了笑說：「趕急啊！」

然後他向我揮了揮手，提著那牛皮的公文包，離開了教室。

我兩手一茬，看著他踉踉蹌蹌地走出教室，夕陽把他的背影映在牆面上，像個竹竿一樣。我心裡拿這傢伙一點辦法都沒有。

後來我也沒能跟令學東正兒八經把這個作業給商量清楚，他是推了又推，死活就是不想做。但是以他對美國歷史的了解，我想這個作業對他來說應該是輕而易舉才對。我不明白他為什麼就是不肯做。

每次上課，他就像個呆子一樣坐在我旁邊，我不理他，他就不說話，偶爾神經病一般伸出手指揮兩下。

儘管他這樣有幾分欠揍，但你跟令學東卻怎麼也生不起氣來。每當我主動找他搭話，試圖跟他正兒八經討論討論這個presentation怎麼弄，他就跟我拋來幾句打趣的歇後語，逗得我也時不時樂呵兩下。事情就是這樣一拖又拖，怎麼也開始不了。

一周很快就過去了，我們的小組工程毫無進展。

「真是趕水牛上山，逼到頭上了！」我心想。

無奈，我只得一個人在課下選題，然後自己做，把一部分要講的東西寫好，到時候交給令學東，讓他背下來，他記憶力好，想必也不會拒絕，他雖然固執，但也不是不識情面的人。這不是最好的解決方法，對我來說也不公平，但事情總得有個結果。計劃就這麼定了。

那一周的深會活動，我仍照常出席，我已經成了常規的社團成員。有趣的是，越來越多的人在加入深會，現在這個社團已經有近二十個人了，以至於這個寬闊的倉庫都顯得有些擁擠。

我聽著成員們激烈的討論，受到了情緒的感染。腦子裡也開始冒出各種主意，但不是關於那些憤世嫉俗的觀點，而是關於世界歷史課展示的選題，這是我腦子裡現在唯一裝的下的事情。

我看著眾人圍繞的微光閃爍的水晶燈，彷彿化作一團火焰。我們這群人啊，一時間彷彿置身於一座空曠的山洞之中，與城市隔離，在茂密而渺無人蹟的山林之間座談著。

人們仍在激烈地討論著。我聽著他們的談話，突然覺得彷彿這場面就是馬丁路德金口中，人們應該時刻憧憬的自由。

我看著這些激動的人們，又看了看這水晶燈，心裡似乎有了一點主意。

世界歷史課的展示環節如期而至，經過兩個星期的準備，許多組都準備好了豐富多彩的展示道具。

比如有人用什麼玩具火車，一個火車車廂代表民主黨，另一個火車車廂代表共和黨，最後讓兩個火車頭相撞。

而在最終的展示課之前，我和令學東還完全沒有商量過任何關於展示的內容。

知道那天早上上課的時候，令學東才有點著急，見到我就問：「誒老兄，今天展示，你說可怎麼辦，要不我把解放黑人奴隸宣言背一下就完事了，我會背那玩意。」

我說：「別，哥，你聽我的，我都準備好了。第一節課，你先把這個稿裡你的那部分背下來，然後第二節課我們上去按稿子展示就行，就五分鐘。」

說完，我就把那正反兩頁的稿件塞到了他懷裡。

他看了一眼那個正反兩面的稿，然後鬆了一口氣，說：「成，沒問題。」

我們這才算邁出了這項合作當中實質性的第一步，同時也是最後一步。

一切進展都比我想像得順利，別的組廢話連篇，把時間拖得很長，給足了令學東臨時抱佛腳的機會。而令學東也沒有讓我失望，他只花了半節課，就把所有內容背得頂瓜爛熟了。

終於，輪到了所有人裡的最後一組，也就是我和令學東這組上台展示。

我拿著我手裡的道具，然後和令學東一起走上了講台。

台下鴉雀無聲，目光注視著我們，同學們都本著最基本的尊重，多多少少期待著我們的展示內容。

我把道具擺上了桌子，這個道具，便是深會倉庫裡的那盞水晶檯燈。而認出這盞燈的深會成員們，則突然緊張起來，他們仔細地觀察起我的一舉一動。

我們示意同學幫忙拉上窗簾，並把班裡的燈都熄滅，教室變得一片漆黑。

我拍了拍令學東，他這才從神遊中回過神來，開始介紹我們的展示內容。

「我們今天講啟蒙運動。」

在這一片漆黑之中，他開始介紹起歐洲黑暗的中世紀，那個被專制教會的統治下，被摧殘的歐洲社會的模樣。

在那之後，我拉動了水晶燈的開關。

水晶燈開始閃爍起它最微弱的光芒。事實上，這是一盞故意做舊的檯燈，它有三個不同亮度的檔位，這是第一檔。

就著這閃爍的微光，我拿起了手邊第一張鏤空的紙片，只見黑板上映現出一個詞彙：「Culture（文化）」

接著，我介紹了啟蒙運動時期啟蒙運動家們是如何推動文化獨立於專制制度和宗教，純粹發展，進而帶來文化解放的。

我再次拉動了水晶燈的開關，亮光變得穩定而清晰，但依舊是很微弱的。於此同時，我拿出了第二張紙片，黑板上映現出了第二個詞彙：「Thoughts（思想）」

令學東按照稿件，把啟蒙教育期間湧現出的新的政治體系，文學運動，知識的普及，等等新潮思想講述得很清晰。

我又一次拉動了水晶燈的開關，此時水晶燈的亮光已經達到了最高，不僅亮光穩定而清晰，而且亮度也把教室裡每一個人臉都照亮得一清二楚，

我拿出了手邊的最後一張紙片，黑板上映現出最後一個標題：「Rights（權利）」

「人人在法律面前都是平等的，啟蒙思想家們否認了君權神授。這為後來西方民族解放，平權運動等等都奠定了基礎。」

我手裡舉著這張鏤空的單詞紙片，「Rights」這個單詞在教室的講台上，熠熠生輝。

「這就是啟蒙運動。」

隨著我短暫的結語，五分鐘的展示也戛然而止。

令學東早就急不可耐地想要回到座位上了，在我演講結束的同時，他就再次拉動了水晶燈。

教室裡霎時間一片漆黑，聽眾們鴉雀無聲，但那零星幾位的深會成員在這黑暗之中則不約而同鼓起掌來。

我和令學東在隨之而來的零星的掌聲之中走下了講台。教室裡的燈也又一次被打開了。

十一

譜金蘭

說起高中和初中最大的不一樣，就是我自己獨處的時間莫名變得很多很多。不是說我故意和人群疏遠，只是單純覺得自己走在路上的感覺舒服自在。

我一直記得，在校園外的櫻花路上，曾經有一個報亭。我常常會在報亭買一本《讀者》，然後在櫻花路邊的木椅上挑一兩篇喜歡的短文讀一讀，然後再回到校園裡接著上課。可是後來不知道是出了什麼問題，所有的報亭都在那幾個月，通通關了門，此後也再也沒開過。那些報亭變成了一個個空塑料殼子，沒過多久就徹底消失在街邊了。

說回學校裡的事情。

深會在鄭文宏的帶領之下，仍在日益發展壯大著。人數越來越多，有了近三十個會員，以至於夜晚人們擠在那倉庫裡，彌散著一股無法忽視的汗臭味。

深會的結構變化是非常明顯的。

首先很引人注目的一點，就是有了一位女性成員。

有個叫李雅樂的女孩加入了深會，人們都叫她雅樂。她梳著一頭短髮，大概到下巴那麼長，她是標致的美女。不記得是從什麼時候開始，她就成了每次都會出席深會活動的常規成員。

我們這群男成員們的目光，在無所適從的時候，也終於不用死盯著那破舊的水晶燈看了。因為這一點，我著實佩服雅樂的勇氣。她能對我們這些老色痞眼神裡裸露出的邪念隱忍這麼久，顯然需要極大的意志力。

另外一點，深會的人員流動性很大。儘管更多的人選擇加入，也有一些人不再一次次出勤深會的活動，或者乾脆徹底退出了。

還記得那個當初豪言不上早自習的哥們。他確實遵守了自己當初的承諾，堅持了一周沒來上早讀，因此被劉主任找上了家長。

第二週，那哥們仍在繼續堅持自己的諾言，沒有來上早讀。

搞笑的是，有一個人卻來替他上早讀了，那就是他的媽媽。那天等到早讀結束的時候，她的兒子才姍姍來遲，到教室裡來準備上第一堂課。那哥們準沒料到，自己的媽媽居然坐在教室裡等他。

他一隻腳剛踏進班門，就看到自己的媽媽正在教室角落裡瞪著他。那哥們當時臉漲得通紅，另一隻腳還沒踏進教室，就轉身溜走了。

他的媽媽便起身去追，嘴裡還訓著不好聽的話，惹得全班哄笑。

這件事情之後，那哥們就再也沒來過深會了。

不過他確實只是個例，很多人離開深會，單純只是因為懶得再來這聽各種人怨婦一般叨叨了。

對於這種情況，鄭文宏也很大度。深會的大門一直保持向所有感興趣的學生們敞開，可進也可出。

我自然沒有把心思真的放到深會的活動內容上，在我看來，除了社長鄭文宏，其他的成員無非是把深會當成一個聽段子，講段子的地方。

只不過這些段子都是切切實實關於學校裡一些亟待解決的問題。

這些問題的本質都是極其枯燥的，就拿鄭文宏罵劉主任的那次來說，都是我們個人的力量根本無法改變的事兒，只會惹人頭大。

但是這社團裡的人個個說話卻又好聽，髒話罵得都有滋有味兒。晚上睡覺前，聽這些人罵一罵娘，既緩解了我一天的學習壓力，又能交些有趣的朋友，可謂一舉兩得，事半功倍，所以每一次深會的活動，我都會準時出勤。

有一天中午我吃完午飯，在回教室的路上，那隻學校裡的小貓阿黃，正好從我腳邊躥過。

「阿黃，你可想死我了。」

我伏著身子在阿黃的背後緊追不捨。阿黃它左閃右閃，我眼神時刻緊盯著它，生怕它一溜煙就跑到不知道哪裡去了。

我跟著跟著，只見面前突然出現一雙女人的腿，阿黃直衝著那腿就跑了過去，到緊跟前又拉了一個急彎饒了過去。

我總不能跟阿黃一樣，朝著那腿直撞過去。不得不直起身來，喪氣地看著阿黃跑遠了。我也不打算跟著它亂跑了，挺鬧心。

眼前的這個女孩正對著我，梳著一頭短髮，手裡拿著一疊傳單，我看著很眼熟，但腦子轉了一下兒，才想起來她是誰。我既然認識她，又陰差陽錯撞在她跟前了，不如就打個招呼。

「嗨，李雅樂。」

李雅樂見了我，頓了一下，才反應過來，說：「啊，你是林加德，你好。我們都在深會，對吧？」

「對對，我就是在那知道你的名字的。」我沖她笑了笑。

「我也是。」她也沖我笑了笑，然後抽出一張傳單來給我：「唉，你拿一份這個傳單吧，咱們學校和附近幾個學校的學生在北京是個還蠻有名的中學生管弦樂隊，金帆的，我們這個週日下午在北京音樂廳有個演出，馬勒第二交響曲。不知道你感不感興趣？」

她一邊說著，一邊遞給我一張傳單。

「哦對，我是樂隊里拉小提琴的。」雅樂補充道，然後又微笑了一下。

我下意識關注起雅樂的容貌，她的皮膚很白，下巴很尖，畫著淡淡的妝，大大的臥蠶顯得有幾分超乎年齡的成熟。不看她穿的校園制服，我可能會以為她是一個大學生。這幅外表與其說是漂亮，不如說是流行，誰看誰都會覺得順眼吧。

我終於從她的外表回過神來，轉念一想，她口中說的馬勒二，不正是我上學期聽到的音樂廳裡排練的那首嗎？原來他們已經排練了這麼久了。

我接過傳單，然後欣然地點頭答應她說：「好啊，我有空的。我正好聽過你們排練，真得很厲害。」

雅樂很高興我會去看她們演出，我們寒暄了兩句，就各自忙各自的事情去了。

那段時間，我除了準備托福和SAT這些枯燥但是必須的英語考試，空出來的時間裡，幾乎一股腦在鑽研數學。

從寒假到現在的三個多月，我把同濟高數上冊翻看完了，也算是學會了數學分析，對數學證明有了個一個比較基礎的了解。

不知道發了什麼神經，我開始思考一些聽上去很數理的問題，比如怎麼才能搞出一套評價指標，把便利店裡所有的各種飲料都按我的喜好自動打個分，這樣我就不用每次苦惱於買哪一種口味的飲料了。

我發現這個問題屬於機器學習的範疇，我得先多喝幾瓶飲料，選出幾個指標，然後自己弄出一套參數和數據集來算一算，看看能不能對上我的口味。剩下的自動評分過程不過是一個線性代數的問題。至少網上是這麼說的，於是我為了解決這個問題，開始自學線性代數。說起來有些刻板印象，但數學的學習過程總讓我感到不亦樂乎。我就在這英語和數學的反復交織中，度過著一天天略顯重複枯燥但又充實的學習生活。

那本是一個平常的周五下午，是一周裡最清閒的時光，人們只是自願留在學校做些自習功課。我還不慌回家，便在一間沒什麼人的教室裡待著，靜靜做數學題。

有時候想到費解之處，我就抬頭看看夕陽，窗外的樹影和陽光交錯著零星幾個學生的剪影，有時令我看得入神。

無論是放下筆靜靜得看風景，還是抬起筆寫寫題，似乎都不覺得是白白空度時間。我很享受週五下午這種獨特的寧靜感，因此從不著急著回家。

那天下午，我的兩個熟人，鄭文宏和令學東，正巧也留在這間教室裡自習。

他們坐在前面兩排，令學東坐在前面，鄭文宏則坐在他身後。

自從上次的世界歷史課展示之後，我們的分組被重新匹配了，我被換到了別的小組，而令學東和鄭文宏被分到了一組。

他們正趁著自習的時間商量著課題。

我也沒法專心寫數學題，就一邊看風景，一邊無法避免得聽他們兩個人聊天。

令學東是塊難擰的硬抹布，滿腹學識但就是不願意暴露。至少我是拿他沒辦法，碰上個作業，令學東他要是不願意做，鐵定是不會好好做的。

這次的課題，似乎也不例外。

鄭文宏是左問右問，出著各種點子，令學東就是愛答不理，推推就就。鄭文宏不跟令學東搭話的時候，就趴在那世界歷史的大厚書上，冥思苦想，要麼偶爾抬起頭看兩眼書，盼望著靈光乍現。

而這個令學東，要我說，他只要是願意動腦子，五分鐘的想法頂鄭文宏一小時的想法都有用，可她手裡連個世界歷史的書都沒有拿，而是在看一本紫皮的書。我瞇著眼睛使勁瞅那本書皮上寫的是什麼，看了半天，確定了是哈姆雷特的《李爾王》。

我觀察著這對有趣的組合，尋思著他們這次的小組合作恐怕是要完蛋了。心中莫名得竊笑起來。

鄭文宏又接二連三的跟令學東說著些世界歷史的內容，有些話驢唇不對馬嘴，與其說是觀點，更像是在求助，那些錯誤的言論理應提醒著令學東，他應該糾正這些話。

然而令學東當然沒空搭理鄭文宏，他讀《李爾王》讀得正起興，二郎腿翹得老高，一隻手把書撐在臉前，那小眼睛上的鏡片都要湊到書上了。偶爾他還啃一啃另一隻空閒的手。

正當我打趣得看著他們，突然，鄭文宏不知道是想到了什麼點子，把書使勁一合。那厚厚的書頁在被合攏時發出一聲悶響。

我在他們身後盯著他們的後腦勺。

鄭文宏合上書之後，緊接著把雙手往令學東的肩上使勁一搭，把令學東嚇了一大跳。令學東雙手一抖，《李爾王》都被一把甩到了地上，他的眼鏡都被嚇掉了。

只聽鄭文宏在令學東背後字正腔圓地說了一句話：「兄弟，我們來『結拜金蘭』吧。」

不知道這鄭文宏是犯了什麼神經，冒出來這麼一句莫名其妙的話。據我所知，這是《三國演藝》裡的情節，結拜金蘭就是稱兄論弟。

對於鄭文宏空穴來潮的這句話，令學東自然是一頭霧水。但更關鍵的是，被鄭文宏這麼猛得一拍，完全打亂了令學東的閱讀狀態。

令學東沒直接搭理鄭文宏，而是先卸下了那高高翹起的二郎腿，踉踉蹌蹌去撿地上的眼鏡。沒有那眼鏡，他跟個瞎子應該差不多。

只見他有些不利索地重新戴上了眼鏡，然後轉過頭來怒瞪著鄭文宏。令學東眉頭緊皺，眼睛雖小但盡力地瞪著，能看出來他眼裡的焦怒。

這是我第一次見令學東發火，而他的火氣也不單單停留在眼神裡，也用言語表達了出來。

只見他衝著鄭文宏，壓低了聲音，齜著牙質問到：「幹什麼你？」

鄭文宏看著令學東發火，不僅沒生氣，反而哈哈大笑起來，他人高馬大，鬍子也很濃密，笑起來眼睛彎成了兩道大月牙，活像個張飛。

只見他哈哈大笑了兩聲之後，又突然撿起了地上那本《李爾王》，然後站起了身，裝模作樣地把書攤開，大聲地唱起了歌。

「雖未譜金蘭，前生信有緣……」

他唱得聲音洪亮，但唱得莫名其妙。

這惹得令學東更加生氣，他站了起來，去奪令學東手上的書，可這孱弱的令學東哪裡是鄭文宏的對手。

鄭文宏把手抬得老遠，死活就是不把書還給令學東。

這時我才看明白，鄭文宏純粹是在逗令學東玩呢。

「你他娘的有病吧？」令學東一邊蹦躂著僵硬的細胳膊細腿，一邊亂罵著。

而人高馬大的鄭文宏則一動不動的站在那，他的身材比令學東整整粗了一圈，穩如一座泰山。場面十分滑稽。

眼看著令學東的怒氣就要失控，再往下發展就要動手了。

我忙站起了身，從鄭文宏的身後偷偷把他手上那本《李爾王》搶了下來，鄭文宏的歌聲也戛然而止。

我隨即把書還給了令學東。

令學東拿回了書，又多瞪了鄭文宏兩眼，然後就轉過身坐下了。他又翹起了二郎腿，安靜地讀起他的書來。鄭文宏看著我，爽朗地笑了兩聲，也坐了下來。

一切都恢復了平常。兩人又各幹起各自的事情，只是他們之間沒有再多說一句廢話。

一周的校園生活，就在這樣一出怪誕的鬧劇中結束了。

那個週末，李雅樂他們在北京音樂廳的演出如期而至。

這是我第一次光臨北京音樂廳。這地方算是西城，其實也就是人民廣場的西邊，離東城也沒多遠。我向來是東西城分不清，很小的兩片地方，在我眼裡都是皇城根，也就沒啥大的區別，風格也差不多。

至於這個北京音樂廳，是個不太好找的地兒。打地鐵站出來以後，一路都是歪七梭八的胡同，我問了好幾個騎三輪車的大爺，走到兩三個死胡同里，又掉頭出來重新找路，搞了半天才把路搞清楚。那天下午挺熱的，我穿著個短袖短褲，進到大廳裡還是熱出了一身汗。

說巧也不巧，進門的時候我碰到了個人，正是令學東，他身穿著一身黑西服，好不正式。

我早該料到他也回來，他當初可是連排練都聽得入迷啊。

「嘿，令學東，巧了嗎這不是！」我揮著手向他打著招呼。

「呦，林兄，真巧啊，你也來聽馬勒？」令學東見了我，也向我微笑著揮手示意。

我走到他跟前，這才發現他這衣服好不講究。具體我也說不出什麼門道，因為不懂，但是他這一身小西服確實好看，精緻得很。

令學東見了我，便跟我握手，他長著一張高中生的臉，行為活像個先生。我有點不好意思，穿著漬著汗的短袖短褲，在他面前實在是有點寒顫，但出於禮貌，手總還是要握的。

「你這穿得真他媽正式啊。」我說。

「誒呦，可別介，哥，個人習慣，一般人也都沒必要這樣，我真就是純粹個人習慣，你可別不好意思啊。」他一邊說，一邊低著頭，眼光四處搖曳，好像我的問題觸動了他的哪根弦兒一樣。

我們不知所措了一會兒，然後撕了手裡的票，這才進了音樂廳，找起座位來。因為聽的人不多，我們索性也沒按那票上的具體位置就坐，令學東給我倆挑了兩個「好位置」，在池子的正中間，不太靠前也不太靠後，台上的每個角落都能看見。我們就挨著坐在了一起。

「這種地方好，聲音圓滿，而且後排打擊樂組的人你也都能看清。」令學東解釋著，我則跟著他走，也不知道能插什麼話，就直點頭，應付些：「是吧，是吧，OKOK。」這樣的話。

我們坐下之後，隨便聊了兩句學校裡的事。

「對了老兄，多謝你給我那天把書從鄭文宏那搶回來，他這人真他娘的譜。」比起謝我，令學東更多是在罵鄭文宏。

「沒，小事兒。」我隨口答應著。

然後我們便沒什麼可談的了，為避免尷尬，看著台上這些人陸續開始試音，我就找了些話說，問令學東：「這是我第一次聽音樂會，你給我講講台上這些人都是乾啥的吧？」

令學東突然起了勁兒，開始跟我細細地侃起這交響樂里的學問。

「老兄，這我可跟你好好講講，首先這最前面那台子自然是站指揮，我們雖然背對指揮，但看得見其他所有表演的人，所以這種座兒好。你看那些到時候衝著指揮的觀眾，他們除了指揮的臉，就只能看另外幾十個人的後腦勺，多掃興致啊。不過那種票倒也便宜，你要是圖個便宜也可以座那種座兒。有的音樂廳還壓根就沒那種座兒呢。這個北京音樂廳倒是有。我來過這個地方挺多次，上次是鹿特丹來演柴可夫斯基的小協，指揮是拉哈夫沙尼，我之前都沒聽說過那哥們，才二十多歲就當指揮了，光這年齡就夠吹吹牛逼了……」

他講起這些來簡直沒個完。我聽不出什麼滋味兒，總是左耳進右耳出，記不到腦子裡。但無論怎樣，令學東對古典樂的這份熱愛著實是很有感染力，也令我的心情沉浸到了這交響世界當中，身上的燥熱也一掃而光了。

演出很快就開始了，令學東也不再給我上課。觀眾們都安靜了下來，欣賞起這份交響作品。

我是不懂交響樂的，但馬勒二這份作品，依然能感染到我。

這部音樂像是一部宏大的史詩電影，彷彿在講人的精神，又彷彿在講自然的偉岸，或是兩者本身就為一物。交響給我的最初感覺就是這樣，音樂把我帶到了潛意識當中，我似乎在思考著什麼，又彷佛只是單純地坐在那發呆。

對於這場音樂會的內容，我其實沒什麼實質性的感受。但是毋庸置疑的是，一切過程都是那麼得親切自然。我雖然第一次聽交響樂，甚至穿著短褲短袖就來，完全沒有令學東的那種儀式感，但沒有因此感到一點的不適，我也能讓心情很輕鬆地融合到音樂里。

那些其他的聽眾也都在中場休息時面露平靜祥和的神態，彷彿大病初癒一般，一切又重新充滿了希望。

對了，我也沒有忘記去尋找雅樂的身影。她不是首席小提琴，我找了一會才看到她，其實按照她的短髮頭型，也不是很難找。她在舞台上的神情姿態自始至終都很平靜，彷彿一切不過是一場彩排，沒有一點壓力。我能感受到她表演的輕鬆自如。

演出結束後，我似乎沒機會去後台跟她打招呼，也就算了。

我和令學東一同離開了北京音樂廳。

走出音樂廳時，已是傍晚時分，太陽已經落山了，路燈在街邊陸續得亮了起來。一陣微風拂過，伴隨著隱約的風鈴聲，以及樹葉沙沙作響的聲音。路邊有大爺支起了小攤下著象棋，引來幾個人圍看。

路邊剛好路過一個人力的三輪，我便向令學東提議：「哥們，不如咱搭個三輪去地鐵站吧？我都不記得咋走了。」

「成啊，我也懶得走了。今兒天也好，爽朗，溜一圈挺好。」令學東輕鬆地答應道。

我便趕緊攔下了那輛三輪：「大爺，去那個天安門東怎麼個價？」

大爺眯著眼瞅了我一眼，說：「小伙計，我這車是專門帶外地遊客的，不拉短活兒。不如你給我六十，我帶你轉一圈后海，然後帶你們溜完后海，可以給你們再拉過去地鐵站，不加價兒。怎麼樣？」

我有點失望，正打算打發他走，令學東卻似乎挺樂意：「呦，我還真沒逛過后海。」他說道。

「臥槽，你后海都沒去過？那轉一圈得了，也沒多久，轉一圈過去地鐵也不會關。」沒猶豫，我當即就轉給大爺六十塊錢。

現在人們都用這個微信付款，拉活兒的大爺也用得轉，確實方便。

付完錢，我們倆便擠上了三輪車。

大爺呦呵了一聲：「走嘍！」

我們便啟程了。

在夜裡，后海的景色是很靜謐的，但后海的街邊又是分外熱鬧的，大爺這一路是又讓我們看到了人亭鬧市，也讓我們瞧見了靜謐的后海月色。

他從大貪官和珅是同性戀，講到老炮兒裡馮小剛和許晴是在哪兒拍的床戲，大事小事，一應俱全。

我和令學東就著和美的月色，聽著老北京的故事，也嘮了些有的沒的嗑。

他問我：「你今天咋突然想著來聽交響？」

我說：「你認識雅樂不，她跟我介紹的，我今天閒來無事就來這兒聽聽。」

「雅樂啊？」令學東突然頭轉向了一邊，眼裡充滿著不解。

「怎麼了？」我問。

「那個拉小提琴的女的，我打小學就認識她，我們父母以前就認識，住一個院兒。」令學東有點不情願地說。

「嘿呦，青梅竹馬。」我打趣道。

「別扯淡，我對她一點意思都沒有，不過她長得確實有幾番姿色，我聽說不少男的喜歡她。」令學東忙解釋著。

「你可別喜歡她。」令學東又補充道。

「為啥？」我問。

「這人，外表看著很完美，但內心其實膚淺的很。我跟你講，她拉小提琴，純粹是為了申請大學，多沒勁啊。我之前問過她最喜歡哪個作曲家，她說帕格尼尼。然後我們又聊了一會，我發現她最喜歡帕格尼尼，卻連海菲茲是誰都不知道。你說逗不逗？她壓根不是真心喜歡拉小提琴。」令學東說完，還喪氣得揮了下手，彷彿是在把這突如其來的壞心情扔到車外去一樣。

我聽不懂他後半段的話，但意會得了前半段，於是說：「是嗎？我可不清楚。不過不管怎麼說，我對她也確實沒興趣。」

令學東聽我這麼說，突然眼裡放光，問我說：「誒呦，看來這位同志心裡已經有別的目標了？」

「放屁。」我罵他。

隨著后海消失在我們的視野，三輪車也快把我們送到站了，胡同里只剩下水波之上刮來的餘風，兩邊是石灰色的磚牆，月色在牆與牆之間找著空隙，潑灑向人間。

在那難得的月色裡，我想念起了蘇芸。

十二

她的秘密

在后海的巷子裡想到蘇芸不過是一次捕風捉影。我對蘇芸從未停止過思念。她是我心裡的一道癮。

現在的人們漸漸把心癮也當成了病，尤其是針對像我這樣上中學的孩子們，最忌諱胡思亂想，彷彿十八歲錢的愛戀是一條原罪。誰有了心癮，按照規矩都是要版衣的，比如讓父母多教訓教訓，或者是停學一段時間，有的是辦法，一旦發現絕不會原諒。這些都是司空見慣的事情。

我向來不為自己出頭，不為自己的感情伸冤。畢竟父親在上初中時就警告過我，莫沾情事，這點我是自始至終牢記於心的。因此，我對蘇芸說不清道不明的感覺，自然也只能藏在心裡，以免父輩們不必要的失望。

但要說我真實的想法，我並不覺得心癮是一場病。倘若把我這樣的孩子放到一個空屋里關上個一個月兩個月，心癮反倒是一味藥，讓思緒起碼有跡可循，不管多繁雜的心理總能歸宿到一個人身上。因此我也從未排斥過我對蘇芸的想念。

彼時已是高二的暑假。

我繼續學著數學。線性代數之後，我再接再厲學習了微分方程，數論，和一部分抽象代數的知識。

閱讀數學成了一件很令我感到親切的日常活動，逐漸成了我的一個習慣。

除了自學以外，我也開始參加各種各樣高中生的數學比賽。加拿大和美國有些名氣的數學比賽我都參加了一遍，報名費都不貴，我就一次次得去試探自己如今到底有幾斤幾兩。

沒想到，我每一次的成績都超乎著我最初的期望，在各種面向大眾的比賽中，我總能取得不錯的成績，我得了一個市里數學競賽的省級二等獎。

後來我被學校的數學競賽教練聯繫上了，他邀請我去參加校隊的訓練。

那時我才知道首府竟然有一支數學隊。

一開始，我並沒有把這件事當成一個責任，不過是當成一堂數學課隨便上上。

直到開學之後的第一次訓練，我才知道數學隊不是兒戲，大家的知識水平都很高。數學的知識面不過是基礎，數學隊裡的成員雖然基礎參差不齊，但都足夠應付市面上的競賽。

那些更有經驗的隊員則在思考模式上展現出超群的特點。

另一點，做題到最後總拼一個熟練度，那些更有經驗的成員做什麼樣的題也總比我快。他們當中甚至有高一的同學。

我對數學隊的印像也從一開始認為的一堂稍微難一些的數學課變成了一項很有挑戰的腦力運動，是在挑戰自己的極限。這項運動練的東西無非就是兩個字，準和快。想得要準，做得要快。

至於我的另一個課外活動，也就是深會，卻在開學後的那個秋天遭遇了滑鐵盧。不知道什麼時候開始，宿舍樓下那個沒人搭理的倉庫被上了鎖。只記得我們開學第一次光臨那裡的時候，門上掛的大鎖被月光照得直反光，格外引人注目。那顯然是個新的鎖，就是為了鎖這扇門，而故意被上在那裡的。而那倉庫裡的水晶燈如今被擱置在倉庫門口屋簷下的牆角，早已經結滿了蜘蛛網，不知道多少個日夜沒被人理會過了。

我們深會二十多個成員呆呆地站在門前，面面相覷，誰也不知道該怎麼辦。

等鄭文宏到的時候，他也只是詫異地看著門口的大家，顯然，我們的這位社長也不知道到底發生了什麼。他看著我們，我們也都看著他，各位都是一臉無奈。

鄭文宏走近倉庫，人們為他開出一條路，讓出了道。

只見鄭文宏撥楞了兩下那門上掛著的大鎖，什麼都沒說，只是笑了笑，便轉身大步流星地離開了。

我們一群人看著他遠去，心裡是既迷惑，又可惜。大家都沉默著，沒有人去阻撓鄭文宏，只是靜靜看著他遠去的步伐。

深會就這樣悄無聲息得解散了。

校園生活自然不會因為深會的解散而暫停，日子依舊一如既往得向前走著。身邊的同學到了高二，也都完全適應了高中的生活，昨天的我相比今天的我，似乎總不會有什麼大的變化。套到大部分其他人的身上，這句話依舊適用。

可是，在深會解散之後，鄭文宏在我眼裡，卻一夜之間完完全全地變了。

其實，我也說不上他變化的原因和深會解散有沒有什麼直接聯繫，也許是暑假的他經歷了些什麼，我不了解。但他的變化是我實實在在看到的。

作為他的室友和經常和他共食早餐的朋友，我很了解他過去的那種眼神。他過去的眼神中那種冷漠和直勾勾的眼光，總讓我覺得，他在試圖從那眼前的事物裡獲取些什麼。那是捕獵者的眼光。

但現在鄭文宏的眼神中卻出現了一種莫名的祥和，或者說，之前那種捕獵般尖銳的目光消失了。

除了鄭文宏眼神的變化，他的話也變得少之又少。雖然說曾經的他也不算是一個話癆，但總歸是個說話有趣的人，他總能不時講一兩個笑話惹得眾人發笑。他曾有很好的幽默感。

可現在再提到鄭文宏，沒人再會覺得他是個有趣的人了，至少，他口中再沒吐出過打趣的笑話。

鄭文宏彷彿在社交這一方面變成了令學東的風格，變得沉默起來。

我和鄭文宏的關係因此疏遠。

相反，讓我最初感到有些隔閡，不敢接近的令學東同學，卻成了我的摯友。

關於令學東和我，有件事不得不提。

我還記得當初準備世界歷史課的演示那段時間，有一次，我跟他無言以對，便掏出了那本同濟高數做起了題。

那之前，他向來是不會主動和我搭話的，可看到我在那吭哧吭哧地寫數學題時，他卻突然起了興致，放下了他手頭的事情，第一次主動跟我搭了個話。

「誒老兄，你看的是什麼書啊？這麼起勁兒。」他頭都湊了過來，離我的書只有一兩個頭那麼近。

我見他反常地獻起殷情，以為老天顯靈，迴光返照，這頑固的令學東終於肯放下身段關注點人間的凡事，和我一塊做展示的準備了。

可沒想到，他只是單純地好奇我到底在看什麼書。

我停下手邊的筆頭，把書翻到封皮，很熱情地跟他介紹著：「這本統計高數，好書啊，講數學分析的，我看了一段時間了，特別得勁兒。」

他看了看那個書皮，嘴巴里小聲叨唸了一遍書名，又看看我，笑著謝我說：「多謝了老兄，可以，改天我也搞一本來讀讀。」

「你也對數學感興趣不成？」我問。

「我看你看得特別起勁兒，我也想試試，玩玩看。」他說。

說完，令學東就頭也沒回地重新紮回了他的莎士比亞里，那天再沒跟我搭過話。

我也就回過頭來繼續寫題，心想他也就是隨便問問，不會去看這跟莎士比亞那種文學作品八竿子打不著邊的數學書。

但是令學東的智力總是出乎我的意料，沒過兩週，他就帶著一本翻得甚至有些泛舊的同濟高數來和我討論。

只見他那本書裡夾著密密麻麻的草稿紙，想必是他做題和寫筆記時留下的字跡。從他草稿紙的位置和密度來看，他已經看過大半本書了。

我花了兩個月才看到的部分，他竟只花了兩週！這一事實令我又驚嘆又嫉妒。

我本以為他這麼快看了這麼多的內容，有著如此令人羨煞的數學天賦，定會嘲笑我給他推薦的書沒有含金量，更怕他嘲笑我的數學水平。

沒想到這令學東非但沒有嘲笑我的書，也不是來嘲笑我的愚鈍。只見他把那書往我的桌上一拍，深深地嘆起了氣，感嘆道：「唉，哥，說真的。」

他正要接著說著什麼，卻又一時語塞，摘下那厚重的眼鏡，拿出一塊方巾仔細地擦起來。

我一邊對他用方巾的這個習慣感到很詫異，現在這年代還有誰用方巾手絹，一邊聽著他繼續娓娓道來他的數學學習心得。

令學東擦完了眼鏡，接著說：「哥，我做了點這書上的題。一開始，我真覺得挺有意思的。可是我接著往後看的時候，越來越覺得沒意思了。我現在就是無論如何也不想接著看了。不是說這書不好，是我怎麼也看不下去了。」

我問他：「為什麼？你這看得不是挺順嗎？我看你做得這麼快，肯定也沒卡過殼。」

令學東有點疑惑地看著我，問：「啥意思？啥叫卡殼？」

我說：「就有的時候，有些定義和定理我看不懂，得反复看幾遍才能反應過來，啊，原來是這麼回事。這樣。」

令學東說：「那我倒沒有。」

他的話和語氣裡的輕易令我感到很不自在，一種壓力和自卑感突然湧上心頭。

我佯裝鎮定地勸他：「那你不如接著學啊，你讀得這麼順，很快就能學完這本，我還能給你推薦下一本。」

令學東聽我這麼一說，轉過頭來，突然用很欣賞地眼光看著我，說：「真謝謝了哥。但是我確實沒有你的那份對待數學的激情，我是真看不下去了。我看了這大半本書也不虧了，總比一個字兒也沒看過好，差不多知道我自己在這方面幾斤幾兩了。」

說完，他又拍了拍我的肩，說了句：「草帽子爛邊。」

「啥？」

「頂好！你以後成了大數學家，可別忘了鄙人。」令學東拿歇後語打著趣，爽朗地笑了兩聲。

我看著他真誠的眼神，心裡雖受著萬般的打擊和自我懷疑，卻又對他言語和神情裡透露出的友善和鼓勵感到一絲欣慰。

我只得繃著僵硬的笑容謝過了他的讚賞。

話音剛落，他就把他自己的那本同濟高數收了起來，又回頭看起了莎士比亞。我再也沒有見過他看過跟數學有關的任何書。

我想是因為這件事，他便認定了我是一個數學狂人。然而我心里當然知道，我還遠遠算不上是一個數學狂人。儘管進了數學隊，我也只是每天花個一兩個小時看看書，做做題，數學頂多是算我的一個課余愛好。

至於令學東，上課的時候，他也還是一副老樣子，有時會突然神經質地揮舞起手臂，幻想著自己指揮的動作。

在我進入數學隊之後，令學東是唯一一個來祝賀我的人。他發自內心地為我感到高興。

我一直很不解，為什麼令學東他從未對數學起過一點興趣的人，卻會為我進入數學隊這樣的小事感到這麼高興，甚至比我本人還要激動。但無論如何，他的這份鼓勵對我來說是彌足珍貴的，我和令學東的友誼也因此逐漸建立了起來。

那是高二上學期的第二週，在一切的開學的準備工作告一段落之後，同學們的學習生活陸續走向正軌，類似年級會這樣行政類的思想教育課也陸續地開始了。

那天，我們中美項目的同學們又一次重新聚集在年級會的大教室裡。我和令學東都坐在最後一排，同時坐在我們身邊的是我們的老熟人鄭文宏。

我和鄭文宏卻形同陌路一般，他坐在我的身邊，我們也只是眼神上打了個招呼，沒有一句交流。

他一個人靜靜落坐在角落裡，不只是我，事實上沒有任何人去打攪他。

只見他掏出了一本書，正是他上高中以來第一天拿出的那本紅包單詞書，拍在了桌子上。

我瞟了一眼他那本紅寶書，竟然仍和一年前我和他共同上那節經濟課時一樣，書皮依舊如同嶄新的一般。

他把書放在那，便沒有再理會過那本書，只是呆呆地目視著前方，雙手平放在大腿上，目不轉睛，卻沒什麼精氣神，活像一尊石佛。

身邊的同學陸續入座，上課鈴聲也如期而至。

我記得那天的課上，教室裡出奇安靜，以至於初秋的落葉飄落時，與地面碰撞沙沙作響的聲音，也能被聽得一清二楚。

窗外的和風不時地吹進教室，即便沒有空調，卻不讓人覺得有一絲的暑意，秋天真得來了。

北京的秋天總是祥和而安寧的。倘若北京只有秋天，我想這個城市的歷史也不會那麼得波瀾壯闊，而會是四平八穩的一條柔和向上的曲線。

只可惜一年總有四季，總不能盼望著四季如秋。

季節和天氣總在變化，但人的習慣卻難以改變。不出所料，那一天，劉主任沒有來準時上課。

人們也像往常一樣耐心地靜靜等待著。雖說人人對劉主任的遲到總有幾分怨氣，但這怨氣彷彿隨著秋天隨和的天氣也徹底消散了。她出現也好，不出現也罷，人們只是做自己手頭的事，享受著初秋的寧靜帶來的歲月靜好。

雖說劉主任有遲到的習慣，但出於形式主義，她總是雖遲但到。

可這一節課整整四十分鐘，劉主任卻始終沒有出現。

班會課就在一片沉默中開始，又在同一片沉默中結束了。

劉主任一節課沒來，這鄭文宏也如同失了魂一般一節課呆坐在那裡，什麼也沒幹。他就這樣發了一節課的呆，等到下課鈴聲響起時，又彷佛重新被上了發條的弦，終於動彈了起來，把那本紅寶書照常收進書包，抬起屁股就走了。

那天課上劉主任的缺勤，沒有令任何同學感到一點的奇怪。

下一周，班會課再次如期而至。

那一節課，劉主任依舊沒有出勤。

人們這才開始感到奇怪。

人們開始回憶劉主任這學期的行踪，但大家不管多努力回想，似乎沒有一個人有在這個學期見過劉主任的任何印象。

「她沒有來上過班會課，你在食堂見到過她嗎？」

「沒有啊，她有來上過別的課嗎？」

「她好像沒有課要上。」

「是嗎？」

關於劉主任行踪的討論越來越多，但同學之間的流言蜚語總歸是無跡可尋的。

人們開始把找尋問題答案的希望寄託到別的老師們身上。但每當身邊的同學去問到自己熟絡的老師時，無論是外教還是中教，卻都是含糊其辭說些沒有什麼意義的回答。

我聽別的同學說，當費舍爾老師被問及劉主任的行踪時，他忙著轉移話題，似乎不願意正面回答大家對劉主任行踪的疑惑：「劉主任近來有事，在家工作，希望同學們能關注經濟課上的事，而不是校方管理的人情世故。」

鑑於這是費舍爾的原話，同學們也不敢質疑這位德高望重的經濟外教，便再也沒有從他那裡打聽過劉主任的事。

然而，劉主任的真實情況，卻因為老師們閃爍其詞的回答，變得更加令人好奇。同學們雖然不再四處打聽劉主任到底在哪這樣的問題，心裡卻都記得這件事。對於劉主任狀況的各種猜測也成了大家茶餘飯後開玩笑的話題。

出現了例如像「劉主任生了難治的怪病」，「移民跑路」，「孩子出國跟著去帶娃了」等等這樣的傳說。

更有甚者開起了低劣的玩笑：「聽說劉主任跟姦夫偷情生了二胎，被人家的妻子打得鼻青臉腫，在家裡還忙著和自家原配跪歉呢！」

不管是哪一個版本，需要聲明的是，一切都是無中生有的謠言。沒有人把這些話當真，不過是各式各樣的玩笑，能逗得大家笑笑便達到效果了。因此，也沒有人在乎這玩笑的深淺，甚至越刺激越好。畢竟劉主任自始至終都沒有出現過，傷不到她的感情。

人們也漸漸習慣了劉主任不在學校的日子，彷彿她再也不會回來了。

事實上，劉主任不在學校的這幾週，人們的生活也確實有條不紊地進行著，沒有受到一絲的影響。

季節逐漸步入了深秋。

那一天晚上下了一整夜的濛濛細雨，清晨天依舊是灰濛蒙的。夜裡的雨水彷彿融化了枝頭的落葉，那一片片的金黃彷彿在一夜之間全部隕落，化入那地面上的一灘灘爛泥裡，枝頭上光禿禿的。

雨點敲打著地面，參差不齊的腳步踏過淤泥與落葉，混響出一片嘈雜。同學們要麼撐著雨傘，要麼穿著衛衣或是帽衫，仍然陸陸續續像往常一樣趕忙上學。

年級會也是在那一天如期舉行。一個陌生的中年男子早早便在台上等候著同學們。等到鈴聲準時響起，他便毫不拖延講起話來。

「同學們。我姓薛，今後我會取代劉主任的位置，擔任年級主任一職。劉主任由於諸多原因已經被校方請辭了，同學們無需多慮，對你們不會有什麼實質性的影響，剩下的時間請同學們安靜自習。」

簡短的自我介紹結束之後，薛主任便離開了教室，留下一群議論紛紛的學生們。但激烈的議論也只是持續了短短幾分鐘，人們很快就又回頭忙起自己手邊的正事了。

劉主任的離職既令人感到些許意外卻又不可謂令人大吃一驚。彷彿一切都在意料之中，但得知最後通牒的一刻卻又總有些令人難以置信。就好比天氣預報說了今天會有雨，當雨真下起來時，人們總是要愣一愣神。

至於新來的薛主任，在他上任之後不久，年級會這個兩年來從來沒有動搖過的常規課程竟然在第二週就被取消了。

自此之後，劉主任的故事徹底過了氣，連各式各樣的玩笑裡都聽不到她的名字了。

然而我卻沒法把劉主任離職一事拋到腦後，劉主任的走，和鄭文宏會不會有什麼關係？作為深會的社長，他可是持續公開得批判劉主任的頭號人物啊。這一點總令我深深疑惑著。

在宿舍的時候，我會情不自禁地端詳鄭文宏，下意識把我對他的觀察和印象，關於劉主任的消息，以及關於深會的一切結合在一起，思考劉主任離職的事情當中究竟有什麼端倪。

然而鄭文宏卻是個滴水不漏的鐵盒子，從他的神態，行為，以及為數不多的言語裡，讓人揣測不出一點線索。

我也漸漸地放棄了對鄭文宏的觀察，終於比別人稍晚一些忘卻了劉主任的事。

一天晚上，我像往常一樣回到宿舍，熄燈之後看了一會閒書，睏意逐漸襲來，便關了檯燈打算睡覺。

這時，鄭文宏卻突然和我打了一聲招呼。我想，他是想讓我幫他拿一下桌上的什麼東西，或者扔個垃圾什麼的，便把檯燈打了起來，回著他的話，問到：「怎麼了。」

「誒，林加德。」

「明天我就不去上課了，我準備輟學了。」

只聽鄭文宏一本正經地說道，語氣毫不含糊。

我對他這突如其來的決定自然很是震驚：「啥？哥你開玩笑呢，當真嗎？」

他只沉默著，沒有立刻回答我。我便可以肯定，他沒在開玩笑。待我們各自沉默了一會，我才又開口問他：「這麼突然，為什麼啊？」

只見他坐了起來，看著我，眼鏡裡竟然又一次出現了那久違的捕獵者般的眼光。

他說：「我不知道我待在這裡還有什麼意義，我不想在這混日子了。」

他一邊說著，一邊收起手邊的東西，慢條斯理地把他們裝到行李箱裡，沒有一絲的慌亂。可見他對於自己輟學的決定已經考慮已久。

我問：「是因為劉主任離開了嗎？你不是一直討厭她嗎，現在她離開了，你不應該高興才對嗎？」

「對，劉主任是離開了，但我高興不起來。我不知道這一切是怎麼發生的，她走了，但不是因為我把她逼走了。」鄭文宏說。

我沒有插話，他接著說：「說實話，我很挫敗。深會的倉庫被鎖的時候，我是很高興的。我當時想，一定是劉主任叫人鎖的這門，她知道有我這樣的人和她對著幹，她怕了，所以鎖了我們的門，那時我高興極了。」

「可問題是她現在走了，你討厭的人都不在了，你為什麼要為此輟學呢？我想不明白。」我實在是太疑惑了。

鄭文宏看著我，停下了手邊的活，笑了笑，又說：「林加德，你一直在深會裡，所以我輟學的決定第一個告訴的人就是你。你問了我這麼多問題，我到有個問題想問你。」

「什麼問題？」我說。

「林加德，我問你，你討厭過什麼東西嗎？那種發自內心的討厭。一個人，一件事，甚至一本書，什麼都可以。」鄭文宏義正言辭得問著我。

他這突如其來的問題問住了我，我前思後想，竟想不出一個像樣的回答，便隨口答道：「我特別厭惡我啃手的壞習慣，我怎麼改也改不掉。」

「很好，如果有一天你突然間就再也不願意啃手了，這個習慣就這麼突然得失去了作用？你會高興嗎？」鄭文宏追問著我。

「當然會高興了！」我不假思索地回答道。

「哈哈。這就說明，在改掉啃手的習慣這件事上，你還不夠努力。」鄭文宏最後說道。

縱使我內心裡有一千個理由想勸他不要輟學，可我知道，我勸不動一個心意已決的人。我們不知道還能接著聊些什麼，便關掉了各自的檯燈，夜色已深，不久我就睡去了。

第二天早上我起床的時候，鄭文宏已經把自己的床鋪收拾得一干二淨，人也已經離開了。

我甚至沒有機會當面祝他一切順利，但我希望他一切順利。

十三

另一個我

鄭文宏就這樣一夜之間離開了。

這可讓令學東高興壞了，他總咽不下上一次被鄭文宏捉弄的那口氣。

「鄭文宏那厮去哪了？」有一次午飯，令學東突然問我。

「他說他不來上學了。」我說。

令學東也沒有問及鄭文宏輟學的原因，只是接著痛快地罵到：「那厮可算滾蛋了，看見他我就心煩！」

一邊罵，他一邊吸溜著碗裡的拉麵，彷彿要使勁嘬出聲音來才夠解氣。

除了鄭文宏零星的幾個朋友，其它的同學們對這位曾經小有名氣的深會領袖的離開彷彿並沒有一絲的興趣。也沒有人去聯想他的離開和劉主任的離職有沒有任何關聯。

這兩個人就如同深秋的落葉一樣，隨風飄遠了。

作為鄭文宏曾經的室友，我卻對鄭文宏的離開感到有些悵然。一方面是因為，鄭文宏走後，我便開始了平生第一次的獨居生活，令我難免有些不適。曾經那兩個人互相照應的生活再也回不來了。

作為一個生活很獨立的人，我並不依賴鄭文宏。但是不管怎樣，能有一個人在晚上互相道一句晚安，總還是令人心有所依。白天倘若睡過了頭，也總有一個人在身邊照應。

但話又說回來，獨居尚且是容易適應的一方面。更令人難熬的是，每每想到鄭文宏輟學這件事本身，我總會不由得糾結起來，甚至有時會為他的離開感到自責，為什麼當初沒有攔住他。

直覺和經驗告訴我，輟學總歸不是好事。但輟學對鄭文宏來說，就一定不是正確的選擇嗎？

我想起自己曾經的莽撞。如果當初沒有頂撞初中時的語文老師，我就不會被停學。如果我沒有被停學，會不會取得一個很優秀的中考分數，得到身邊老師們的認可和重視，成為一個傳統意義上的尖子生？我會不會因此可以考上清華北大，戰勝當年那位煩人的下鋪？

然而如果沒有頂撞語文老師，沒有被停學，我又怎麼會在家裡被詐騙犯欺騙，怎麼會知道父親手裡的兩百萬元的股票，又怎麼會來到首府唸書，準備出國留學呢？

我甚至不會結識蘇芸。

我如今的生活是好是壞？我不知道。我到底做對了什麼，沒做對什麼？我亦想不清楚。一切的煩惱和疑惑，都如同劉主任離職的原因一樣令人摸不到一絲的頭緒。

鄭文宏離開後的那些日子，類似的思緒總會纏繞在我的腦海裡，令我無法入眠。

但人總是要睡覺的。為了能順利得入眠，我開始服用褪黑素。後來褪黑素也沒了用，我開始頻繁失眠。

每次失眠，我就會喝很多熱水，直到起一身暖意，便有可能入眠。

但有一天晚上，不知道是熱水和褪黑素混到一起時，對我的身體產生了什麼影響，我突然感到由內而外得燥熱，思緒也變得極度混亂。

我光著腳，反复地在一個人的房間裡踱步，用手臂使勁得捶打自己的頭部。我的四肢無不在抱怨著，它們渴望著劇烈的運動。我甚至閉不上雙眼，熱氣彷彿非得從我的眼眶裡冒出來不可。

更糟糕的是我的心情。彷彿有「另一個我」在指著我的鼻尖，不斷地質問著現實中的我：「林加德，你為什麼要出國？你有什麼理由？你在逃避些什麼對不對？你既無能，又懦弱！不逃，你贏不了，逃，你也贏不了！」

我擺脫不了這頭腦裡的惡魔，被他折磨得歇斯底里，甚至喘不過氣。

對於那另一個我向我拋出的一個又一個問題，我卻一個都答不上來。這種惝恍感像一把凌遲的刀，在一點點削刮著我的忍耐，意志，和精神，令我生不如死。

我有時甚至想要終結自己的生命。要藉著月色的溫柔和夜的冷清，我才能重新冷靜下來，但失眠總是在所難免。

類似這般失眠的夜，總是來得措手不及，但是每當到了白天，當我重新混入到集體和人群中去時，那個在深夜裡折磨我的「另一個我」卻是絕不會現身的。

因此只有在白天，我才真正屬於我自己，我格外地珍惜白天的時間。我可以把注意力和思緒集中到我希望處理的事情和問題上，而不是讓頭腦被另一個我支配。

至於我真正想解決的，需要專注去思考的問題，就是數學題。

等到了年末，美國數學競賽就要舉行了，這是所有數學競賽生最公平的一個賽場，而我則急需這樣一場考試來證明自己這一年多來在數學上下的功夫。

我雖不可以說自己在數學上有多少造詣，不過是個入門的學徒而已。然而數學卻替代了我生活裡的閒慌，賜予了我一種前所未有的充實感。

那段日子，我心裡篤定地認為，數學便是我生命的全部意義，阻礙我追求數學的一切便都是令我分心的壞的東西。

因此，我在隊裡訓練時也額外專注，以至於身邊那些更有經驗的同學都畏懼我三分，怕我動搖了他們在隊中的地位。

那段時間，我開始向令學東學習，聽各種各樣的古典音樂。

令學東給我推薦了一本《企鵝唱片指南》。

「有想買的曲目，就按著這個指南撿三星帶花的先買。」然後鄭文宏便給我發了個幾百頁的文件。那是一個非法的掃描版pdf，很模糊但是夠看清。

這本指南開啟了我的唱片收藏生涯。

每逢我聽到街上，地鐵裡，電影裡，或者是學校的音樂廳裡有令我感興趣的古典音樂的聲音，我都會盡我最大的可能記住那段旋律，等到再次見到令學東的時候把那段曲子哼給他聽。只要我哼得夠準，他總能精準地告訴我對應的曲目的名稱和作曲家是什麼，依據他的回答，我就可以買到相應的頂級錄製的唱片了。

對比自己上十萬一年的學費，那些二百塊出頭的正版唱片在我眼裡也不算是敗家的奢侈品。

加之我每一兩週才會去買一個唱片，這筆花銷甚至可以通過吃拉麵不買牛肉省出來，我的財務狀況也沒有因為這個新增的愛好受到太大的影響。

至於我買的都是些什麼唱片，完全是依照我的心情而定。

那天天氣很晴朗，深秋正午的陽光甚至有些刺眼，讓人彷彿回到了夏天，我們在上體育課，男女分班，分成了兩隊正在慢跑。我和令學東都是偷懶的主，墜在隊尾似跑非跑，心思全然不在體育課上。

「誒哥，你聽我哼一下這個曲兒啊，噔，噔噔噔噔噔噔，噔，噔，噔……」我在隊尾和令學東竊竊私語地地聊著天兒，「這個是哪個曲目？」

「害，這不就是埃爾加的愛的禮讚嗎？」令學東有點不耐煩得回答著我的問題。

他繼續補了一刀：「我說老兄，你這平時聽的這些曲子怎麼都那麼俗呢？來回來去就是那幾首孕婦聽的歌，搞得我感覺在逛菜市場一樣！」

「那看來你是不大喜歡俗的，我倒覺得挺好聽。不過話說，我最煩陪我媽去買菜。」我說。

令學東一邊裝模作樣地跑，一邊說：「菜市場，我就記著小時候去過一次，小學一老師教我們花錢，給我們一人五塊去菜市場買東西，當時那菜市場裡播的就是愛的禮讚。」

「你平時都不去菜市場買菜的嗎？」我問。

「保姆幹的活，我沒參乎過。」令學東說道。

只見我們越跑越像溜彎，離隊列都落了有一百多米，那隊尾的最後一個人的後腦勺都看不清了。

「操他媽的。這些個逼跑得真丫快。」我罵了一句。

看著已經愈來愈遠的隊伍，我們也懶得追，趁體育老師也沒有留意，乾脆就直接翹課溜了。

體育課總是上午的最後一節課，大家下了課就去吃飯。我和令學東翹了課，就提前去吃午飯了。

學校是讓我們隨意出校園的，這在以前的國中是絕對不可能的事，可以說這是國際學校的學生的特權之一吧。

雖說學校有食堂，食堂的飯也不賴，但午飯我卻總愛跑到學校外面吃，這樣來去都可以在街邊溜溜，既促進飯前的食慾，也能幫助飯後的消化。

在這一點上，令學東和我的意見是完全一致的。

我們便走去學校旁邊的一家麥當勞。

雖然是吃麥當勞這種快餐，令學東也從不會打包帶走，儘管人再多，我們也總會在人頭攢動的小餐廳裡找個桌子，沒有現成的桌子也要等到一個，最終總是要堂吃的。

那天中午不知道是什麼日子，麥當勞裡的人格外多。我們都領完了餐，我和令學東卻仍舊沒搶到任何一張空桌。

我們兩個一人手捧一個餐碟，擠在人群裡發呆。

終於，我在餐廳的一個比較偏僻的角落看到一個空座，那是一個雙人桌，只有一個女同學在用餐。

直到那人抬起頭，我才認出來那是雅樂。

我拿胳膊懟了懟身邊的令學東，肘尖指向雅樂那桌的方向，問他：「誒，你看那邊，雅樂坐那桌有個空座，要不你坐那去，我站你們旁邊，我無所謂。」

令學東看著那個空座，立即轉身，邁開腿就要走過去了，但又轉念一想，回過頭來又跟我說到：「這樣不妥吧，你站著我坐著多不合適。再說，我也不想問李雅樂，你說是不是？」

我煩他扭扭捏捏的樣子，便說：「要不你站著，我坐。你不願意問她我問。要麼咱倆就繼續傻站著？你快點說個數。」

令學東看我急了，也拗不過我，就只好有些不情願，但又沒別的轍，便說：「誒好好好，我坐，我坐，我問，成了吧。有勞您站著，對不住了兄弟。」

只見令學東說完，就直不楞登地擠到雅樂那邊，有點不好意思地問了她能不能坐在她對面，雅樂隨即答應了。

令學東雖然看不起雅樂，但他也不是什麼有骨氣的人，為了能坐著而不是站著吃飯，他總還是跪的下。

只是他雖然屁股坐下了，心裡恐怕也舒坦不了。這不怪我，也不怪雅樂，是令學東自己的問題。

我倒很樂意看著令學東難堪的樣子，甚是可笑。

等令學東落了座，我也站在了雅樂和令學東二位的身旁，跟雅樂打了聲招呼。

我問雅樂：「第五節體育課，我們倆懶得跑步就溜了，你怎麼也沒去上？」

雅樂說：「我不怎麼去上體育課，一跑步就會出汗，我的妝不就白畫了？」

她一邊說，一邊微笑著。

我這才意識到雅樂確實總化著淡妝。這在首府倒也不是不常見。只是像雅樂化得這麼自然，每天都一樣，而且一天不落的，我著實第一次見。

我從她成熟的妝容之中回過神來，突然好奇一點，便問雅樂：「我和令學東只是偶爾逃一逃體育課，就比如今天，就這麼偶爾翹課還總怕被老師給發現。你這想不去就不去，怎麼脫得了身呢？」

雅樂說：「害，你們怎麼說也是去上過課的人，老師可不就認識你們了嗎？我幾乎都沒去過，去了也不吱聲，讓那老師注意不到我，不跟她對視。她就沒見過我的臉，都不知道我是誰，怎麼管的到我呢？」

我覺得她的解釋不無道理。但這理由似乎說服不了令學東，他本在那悶頭吃著漢堡，聽到雅樂這番話卻莫名起了情緒，加入到了我們的對話當中。

他放下那吃了一半的漢堡，一邊嚼著口裡的碎牛肉，一邊說：「體育老師又不是看臉點名，他們手上每次帶個板子就是用來墊那個學生名單點名用的。體育老師不知道你李雅樂是誰，還不會在李雅樂那三個字旁邊打個叉不成？」

雅樂已經吃完了手邊的快餐，本來就打算和我們再見，聽到令學東的回懟，不樂意了。她眉頭微皺叉起了腰，說：「令學東，你在這陰陽我，有意思嗎？」

令學東卻停不住嘴了：「姑奶奶，我這是誇您有本事。我們這些草民都是見風使舵靠天吃飯，您是無所不能乘風破浪啊。要我看，體育老師確實是不認得你，可她認得你爹，對不對？」

我聽令學東越說越離譜，雅樂的面色也變得難堪起來，便趕緊打住了令學東的話匣子，把他碟子裡的漢堡摁回他手裡，緊接著說：「害，雅樂，他讓空調吹傻了，你別聽他瞎叨叨。」

我緊接著瞪了一眼令學東。

令學東看我的凶相，這才住了嘴。

雅樂愣了愣，收回了本就要脫口而出的反擊的話，抬頭挺胸著離開了。走之前她跟我說了句再見，但她沒搭理令學東，只拿蔑視的眼神瞥了他一眼。

我們倆和雅樂就這麼不歡而散了。

我則得以坐到雅樂的位置上。

令學東目送著雅樂離開的腳步，等到雅樂出了門，突然把我硬塞到他手裡的半個漢堡給甩開了，說道：「真他媽的氣人，我看見這娘們就來氣。」

我笑道：「你瞧你這樣兒，瘦得皮包骨頭，也就容的下這點氣量了，還不多吃兩口漢堡補補氣力。」

「你他娘的還開老子玩笑，當初我就不該危言聳聽來坐到她對面。」令學東瞪著我，似乎是在把他受氣的原因全都怪罪到我身上。

不管令學東多任性，我向來都不生他的氣。這哥們從小被嬌生慣養，就落得這一副公子爺的得性。我是了解他的，只把他平日的這些公子作風當做樂子。

他越是這樣無厘頭，我便越來勁，看他對我生了氣，我反倒更起勁兒地開他的玩笑：「害，你可別怪我頭上。你這是『七年之癢』。你換個妞泡泡就不會再生雅樂的氣了，知道了嗎？」

令學東這才意識到我純粹是在消費他，這才平息了衝動的怒火，笑道：「你丫就閉嘴吧。」

我們都笑了笑，本不打算再提此事，可我忽然想起來他剛剛說的最後那半句話，好奇心驅使著我，我便回問到：「誒，不過話說回來，你剛才說的，『體育老師認識雅樂她爸』，這話什麼意思？」

令學東瞟了瞟我，跟我小聲說：「兄弟，別跟別人說是我告訴你的。我跟雅樂從小就認識，她爹娘和我爹娘也是多年的老朋友了，他們家誰是誰我也門兒清。她爸是教育部的一個高官，直接管到咱們學校校長頭上，具體是誰我就不說了，你自己去網上查吧，他那個級別的位置就那麼幾個姓李的。」

說完，令學東又吭哧吭哧吃起那個剩下一半的漢堡，不再打算回我話。

「噢，這樣啊。教育部的啊。」我自言自語道。

等令學東吃完，我們便又回到學校上課去了。

臨別之前，令學東又一次囑咐我說：「雅樂他爸的事，你可別跟外人說。」

我拍著他的肩膀，連忙答應：「害，不會的。我都不會有提起她的機會。你就放心吧。」

令學東最後向我點了點頭，我們便分手了。

伴隨著一場綿綿白雪，深秋結束，冬天來臨。

天氣變得寒冷，起床變得困難起來，白天的時間被越壓越少，可美國數學競賽的日期越來越近的事實不會改變。

還有最後兩週就要比賽了，數學隊的成員們都開始了最後的衝刺。

那段時間，我已經不再去吸取任何新的數學知識，而是練習著一套又一套習題，把這個考試過去幾十年的每一套卷子都做了一遍。

我敢說，已經幾乎沒什麼我沒見過的老題型可能出現在這場比賽之中了。

但是我的內心總還是有幾分忐忑，畢竟這是我第一次參加這麼大型的數學比賽，而且雖說有很多題目是重複出現的，但總有那麼大概1／4的題是新鮮的題目，萬一我臨場想不出來，那可怎麼辦？

這樣的緊張和忐忑是無法避免的，直到比賽當天，我依然無法做到百分百的不緊張。

美國數學競賽如期舉行了。我和隊員們坐在了指定的考場上，開始了答題。

我面對著眼前這份試卷，與我平時做的練習是別無二致的。可是我卻格外得緊張，手腳冰涼，卻又汗如雨下。

我的大腦飛速旋轉著，那場長達兩個小時的數學比賽，是我人生中最專注的兩個小時。幾乎所有有關這場考試我能想到的相關題型和知識點，以及各種各樣解題的技巧和應試的策略，都在我大腦中清晰又快速地閃過著。

我的筆頭也很聽大腦的使喚，沒有臨時掉鍊子。

直到考試結束，我才停下驗算的筆。整套試卷，我只有兩道難題沒有想出來，剩下的題目我可以說是胸有成竹。

比賽結束後，身邊的同學們都因為大腦衝血而面紅耳赤，大多成員的臉上無不掛著一絲微笑，當然總有一兩個感覺考得沒有達到理想或是單純不自信的同學顯得有些失意徬徨。

不管怎樣。比賽結束了，大家的心情總算得以放鬆下來了。

比賽結束後，我便回到宿舍，拿出光驅插到我的筆記本上，聽了好幾遍的「愛的禮讚」，直到深夜。

我的數學學習也因為那兩小時的過載思考以及等待成績的焦慮暫時中斷了。數學隊的隊員們在等成績的那一周也沒什麼人靜得下心來看書。

大家都期待著自己的成績。

後來成績終於出來了。我自然是很忐忑。

宣布成績的時候，是一個風和月麗的傍晚。

「恭喜大家都取得了很好的成績，所有同學都進入到了複賽。」聽到教練的消息，大家終於如釋重負，畢竟進入複賽就代表成績在前10%，這已經是很不容易的成果了。

「下面我把每個人的證書和分數分別給大家，就不公開表揚了，免得你們不樂意。」教練一邊笑著，一邊開始分發證書。

我們也輕鬆地談笑著。

我收到我的證書時，看了眼自己的分數，被那證書上的一行小字驚喜了一大跳：「Top 1%」，再看分數，我取得了一百三十六分，滿分一百五十分。

「天啊。」我手捧著自己的證書，看著那行分數，突然腦袋漲熱，渾身發燙，甚至有點想哭。

我把這些證書和獎狀一把塞到自己的書包裡，那股由內而外的熱終於是忍不住迸發了出來，我當即跑出了教室，在月色之中繞著操場連跑了十幾圈。

風吹著我漲熱的身體，我腳底一陣輕快，彷彿再跑快一點就可以飛起來了。後來我出了一身的汗，便乾脆把上衣甩開了，在寒冬裡光著身子繼續跑。

陽光姣白而柔和，像天使一般擁抱著我的身體，我彷彿正在奔向天堂。

我一邊跑，我一邊吶喊著：「我做到了！」手臂也時不時在空中誇張得揮舞。

這樣的傻氣的話和傻氣的造型，自然引來了很多教室裡晚自習的人的圍觀。很多人從窗戶探出頭來看我。

我想他們以為我傻了，或是以為我瘋了，但我不在乎。

我真高興。

那晚我睡得很死，沒有做夢。一整學期剩下的日子裡，我也再沒失過一次眠。

十四

北海北

年少的孩子多是有家的，有家的孩子都要回家，我也不例外。

每到週末，我需要坐著那條悠長的十號線，從海淀區一路往東坐二十站的地鐵，回朝陽。

自打上高中起，我通常週六早上才回家，一是因為周五晚上的地鐵我搬著箱子是很難擠上去的，二是因為我不願意跟父母共處太多的時間，哪怕是僅僅一個週末，我都想要壓縮。

至於什麼時候返校，我總是選擇在周日下午，等母親洗好的衣服晾乾，就立刻打包好東西往學校趕。理由和回家時一樣，一是因為周日下午地鐵人少，二是因為不想和父母多待。

至於為什麼我那麼不願意和父母住在一起，絕不是說我到了所謂的青春叛逆期。事實上，一切恰恰相反，在我的印象裡，自從我上高中開始，我和父母就再也沒有過一次大的矛盾。

我和父母之間只是純粹沒有了任何共同話題。即使是周末回了家，我也總是甩下東西就跑去圖書館看書。看累了書，就跑去附近的大學踢球。

父親呢，在周末有時會加班，即使不加班，在家他也只會幹他自己的事。喝茶，寫稿，讀書，看報，總之不會搭理我。

母親呢，則總是在忙著給父親做飯，以及洗我上一周囤積起來的髒衣服。每當她擠出一點空閒時間，還要背那本高級會計職稱的教材。

總而言之，我和父母相處的真實時間，不過是每週六晚上的一頓飯。

每次吃飯，他們都會問我重複的問題，比如這一周過得怎麼樣，以及留學的準備如何。我也次次都如實作答。能談的無非乎是成績和課外活動。我的成績總是不錯，課業之外就是踢踢球，以及去數學隊訓練。除了這些，我也不干什麼別的事，也聊不出什麼別的話題。

對於那些禁忌，譬如談戀愛和打遊戲，我也總是避而不談的。

我常聽到身邊的同學抱怨自己的父母管得太嚴，或是不理解父母為自己操那麼多的心是為什麼。而我的家庭關係相比之下，甚至讓我感覺過於得平淡了。

關於我現在的生活和我的未來，我想我的父母不但一點也不擔心，反而會覺得我過得太保守，沒勁，沒有一個十七歲男孩應該有的冒險精神和放蕩不羈。

無論如何，我內心裡倒是很希望可以和父母展開更深入的交流，讓他們更好得了解我，可是我卻總沒有什麼契機可以令我這麼做。

而數學競賽的好成績，終於給了我這樣一個契機。在我得知自己數學競賽的成績那週，我硬是在周五晚上七點擠著地鐵上滿滿的人流，趕回了家。

那天一出地鐵站，我就開始跑。

我跑在自行車道上，冬天的寒風吹得我臉疼，但奔跑又令我搗出一身汗。

身邊一批又一批的電動車伴隨著鳴笛呼嘯而過，還有人咒罵我行人擋了自行車的路。我的行李箱輪兒在地上蹭得吱呀亂響。

但這些我都不在乎，我只想趕緊回家告訴父母我得獎的消息。

跑了好幾分鐘，我終於到了家。

站在家門口，我一邊喘，一邊重重敲著門，喊道：「爸媽，我回來了！」

從門外我就聞到母親的飯香味了，真慶幸我回來得還不晚，還能趕上吃家裡的剩飯。

「誰啊？」母親問。

「媽！我！」我又喊。

「哦哦，是兒子回來了啊。」母親這時才反應過來。

一陣腳步聲過後，母親為我開了門。

「媽。」我笑著跟母親打著招呼。

母親卻紅著眼圈，一幅剛哭完的臉。

她看我觀察到了她失落的神情，忙半掩起自己的臉，不讓我看她。她勉強地笑著，有些哽咽地說：「兒子回來了啊，這週回來的夠早啊。」

我看著母親哭紅的眼圈，既是納悶又是心疼，連忙追問：「怎麼了媽？發生什麼了？」

母親只是掩著面回了頭，沒有回答我的話，也沒有再看我。

我正準備把我數學競賽的獎狀拿出來，不管她受了什麼委屈，這總能讓母親開心一點吧。

正當我要拿出獎狀，卻看到了同在家中的父親從屋裡怨氣洶洶地走出來。

只見他皺著重重的眉頭，一邊擺著手，一邊衝母親嚷著：「哎呀，不要再哭了！」

這時他瞥見了我，又說：「兒子回來了，你別哭了，給他弄點飯。」

母親不再掩著臉，竟瞪起了哭得紅腫的眼，對父親嚷了起來：「弄飯，飯不就在那裡嗎？早就給你做好了你也沒吃，你讓你兒子自己去吃不就好了？」

「你跟我嚷什麼嚷！」父親瞪著母親，說。

母親哭得更厲害了。

她沒再多說話，只是把桌上的菜放到微波爐裡熱了一圈，然後又一次擠著笑容，招呼我去吃飯。

「來兒子，吃飯吧，我沒事。」母親對我溫和地說，儘管她的嗓子已經哭啞了。

得了。

「到底怎麼了，媽？你跟我說說？怎麼回事？」我看著母親委屈的樣子，心疼得不得了。

母親坐到了沙發上抹眼淚，我便坐到了她身旁，輕輕拍著她的背。

父親看著我們倆，連忙嘆氣，解釋到：「你媽又沒評上高級職稱。」

「我考過了！」母親氣打不平地說。

「考過了有什麼用，還不是沒讓你當！過去了就不要想了，誒呀。你瞧瞧你現在這個樣子。」父親回到。

我不明白他們到底在說什麼，又接著追問他們到底怎麼回事兒。

後來父親終於給我講明白了。

事情是這樣。母親雖然評過了職稱，但是卻在競選中輸給了一個年輕的女大學生。母親在工作崗位上的經驗是遠高於這個新畢業生的，母親本身也有大學文憑。但是有一點，母親不是黨員，那個女大學生是。母親想晉升的這個職位，是給國企幹活，那個位置和科長是掛鉤的。因此，要當那個位置的高級會計師除了要考過職稱，還最好得是黨員身份。從最後的競選結果來看，黨員身份甚至是決定性的指標。

母親正是因為沒搞清楚這個規則，又一次晉升失敗。

「這事是你們單位差火。干個高級會計跟是不是黨員有什麼關係？你媽沒得到這個工作是不公平。但你說你哭有什麼用？不要哭了！破單位往上走也沒乾頭。」父親接著說道。

母親聽了父親的話，哭得更厲害了，她一邊哭，還一邊罵起父親來：「你自己不是科長嗎？別人天天林科長林科長地叫你，當科長需要什麼條件你也不跟我說一聲。不就是個黨員身份嗎，我早知道入個黨不就行了，入黨不比考這個職稱容易嗎？」

父親聽了母親的話，生起了氣：「合著你還怪起老子了？啊？他媽的是你們那個鬼單位差火。我哪知道評個他媽會計還必須得是黨員？再說，我從認識你時我就是黨員，我當了二十多年的黨員了，在我們單位連續評過三次優秀共產黨員，我天天在你旁邊，也沒聽你提過一次要入黨啊？」

母親拗不過父親，只能哭。

那晚，我沒插上一句話，書包裡的那份獎狀也自始至終沒敢拿出來。

我一個人默默吃完了晚飯，便早早溜到床上睡覺去了。裹在被窩裡，我仍不情願地聽見父母斷斷續續吵了很久，我一晚上也沒睡好，動不動就被他們的爭吵聲驚醒。

我醒了好幾次，想到父親嚴厲的語氣和麵龐，以及母親委屈的樣子，也忍不住開始哭。後來我把枕頭都哭濕了，便徹底睡不著了。

不管睜眼閉眼，眼前都是一片漆黑。漫長的深夜裡什麼都沒有，只有黑漆漆的一片和父母不斷的爭吵聲。

我越哭越心痛母親。彷彿一根針懸在我心尖，父母每吵一陣，那針便扎我一陣。

記得上一次這麼哭，還是兩年前我被停學的時候。

不知道是什麼時候，他們終於吵累了，我在一片混亂的情感中昏睡過去。

第二天早上，待我醒來時，只見父母的臥室門也沒關，父親一個人貪睡在那床上，直打著鼾。母親則還是早早起來給我們做了飯。

我隨便吃了幾口飯，便習慣性地去圖書館看書。

當我正要走時，看到母親憔悴的面龐，一夜的爭吵令她雙目呆滯，目光毫無神韻。母親的嘴唇也沒了一點色澤，乾裂在那裡。看著母親這樣，我心裡像刀割一樣。

儘管我真得心疼母親，但嘴巴卻像被打了封條，一句安慰的話也擠不出口。這時我才想起來數學競賽的事，趕忙在書包裡翻起來那張獎狀，終於是告訴了母親我得獎的喜訊。

「媽！」我看著母親蠟黃的面龐，說：「媽，別想太多了。我有好消息告訴你。」

我一邊說著，一邊把獎狀遞給了母親。

母親接過獎狀，瞇著眼睛看著那上面的字，問：「你這給我看滿紙英文，上面這什麼意思啊？」

我這才反應過來，尷尬地抓著腦袋，趕忙解釋：「不好意思啊媽。這是個獎狀，我在一個叫美國數學競賽的比賽里考進了前百分之一名。」

母親愣了好一會兒，這才轉過彎來，明白了我的話。她的眼中頓時又一次添回了幾分神韻，臉上終於綻放出了真實的笑容。

她一邊欣喜地笑著，一邊墊起腳尖來用雙手撫拍我的臉，祝賀我說：「乖兒子，太棒了！太讓媽媽高興了！」

我看著母親又一次笑了，也跟著站在那傻樂。

後來我就把獎狀留在了家，跑去圖書館看書去了。

回到家時已是下午，我偷瞄了眼父親，他正起床。我為了特意避諱和父親的交談，忙收拾好行李，便匆匆返回了學校的宿舍。

母親升職失敗的事情發酵了幾週，這件事似乎就完全翻篇兒了。不管是父親還是母親，都沒在我面前再次提過這件事。

母親仍在干那份小會計的活，父親則自然還是那位林科長。

又過了不久，我便迎來了寒假。

那年的北京格外得冷，天又格外得乾，自從入冬以來的第一場微不足道的小毛毛雪，一場真正的雪都沒下過。

人們甚至開始對比起今年的夏天，雨水也是少的可憐。連最普通的平民百姓都開始杞人憂天起來，還記得有一次街邊賣糖葫蘆的大媽跟我說：「這怕不是全球變暖呦，可別把我的糖葫蘆給暖化了，到時候連回家過年的火車票別都買不起嘍。」

至於我，則和去年寒假的過法沒什麼兩樣，仍然喜歡在那皇城根邊兒上亂晃悠，隔三差五去星巴克啊，麥當勞之類的地方看數學書。

記得那是一個陰天的下午，我正坐在什剎海的一家星巴克里看書。窗玻璃上印著一層薄薄的冰霜，北海的水也凍成了冰。

我正看著書，手機屏幕突然亮了，是幾條微信信息的提示。

我放下書，看著手機屏幕上的消息。

「蘇芸。」

屏幕上顯示著她的名字。

我揉了揉眼睛又看了一遍那條提示，確實是蘇芸給我發的消息。

我雖時常想念蘇芸，但此刻突然收到她的消息，我卻不知道該如何應對。

我點開那串提示，蘇芸的消息裡說道：「嗨，林加德，你在國際高中過得怎麼樣？我在家準備了好久，終於準備好了，馬上要去美國念高中了。因為我落了不少課，所以要比你多讀一年高中，你現在算是成了我的學長了哈哈。」

「對方正在輸入……」

不久後，屏幕上很快又傳了一條新的消息：「我下週就飛美國了，咱們最近找個時間聚一聚吧。」

我盯著眼前的這條一條條的消息，一切的思緒都在這頃刻之間崩塌了。

我還喜歡蘇芸，我總會想念她。但蘇芸她早就脫離了我的現實，只存在於我的幻想之中了。

我從不因此絕望，一是因為我知道，蘇芸的離開只是暫時的，等我到了美國，只要我還喜歡她，我一定會有與她再續前緣的機會，我需要的僅僅是等待和堅持。

二是因為我不僅愛現實中的蘇芸，我甚至更愛我幻想中的蘇芸。

在我的幻想之中，蘇芸是我出國的目標，是我心中全部的美好，是我的聖母瑪利亞！是蘇芸啟蒙了我，是她實了我的惠。我當初出國全是為了她，我一切的努力，就是為了以後去美國還能見到她。

我多麼盡力得去這樣幻想啊，甚至不惜掩蓋和忘卻真實的記憶。

真實是怎樣的？真實就是我愛蘇芸，我曾無數次地想要主動聯繫她。

她在池塘邊的微笑，我們在夕陽照耀下的吻，怎麼可能令我不去忘懷，怎麼可能令我不去嚮往。

有關蘇芸的這一切都是那麼真實，那麼美好。可是，這一切的真實的美好又有什麼必要讓我去追憶呢？

正是這該死的美好，總會讓我惦念起那段回不去的年少時光，那個我暫時無法邂逅的女人。正是這真實的該死的美好，將我一次次地引向無盡的思愁和虛無的情愫之中啊！

為了不忘記這一切真實的美好又不被這一切真實的回憶之美所支配，我延遲著對蘇芸的愛戀，只讓她的音容笑貌封存在我的幻想之中。而我這一切心意的本質就像這窗戶上的薄冰一樣，一戳就碎。

我對蘇芸全部的幻想在收到蘇芸的短信時，便徹底破碎了。

蘇芸再一次完完全全回到了我的現實之中。

我必須要冷靜下來，我同時也需要重新思考蘇芸之於我的意義。然而搞清楚這一切之前，我首先需要回复手邊這條消息。

「我最近很好啊，最近放假，都很有空。」我回复著。

我看著蘇芸的一句句話，又看了看窗外的風景，又回到：「不如咱們在北海見吧，冬天這裡很美。」

我摁下了發送鍵。

「好啊。」

蘇芸也很快回復到。

我們又緊接著聊了些閒天，訂好了具體見面的地點。

「週六早上十點半，北海北站B口見。」

我們最後定下。

和蘇芸定好約見的時間之後的那幾天，我每天都心神不寧。我總在想，自己應該穿什麼衣服去見她，要不要送給她什麼禮物，要不要帶錶，等等類似的問題。

我想著記憶裡蘇芸的樣子，越想越清晰，卻又越想越失真。於是我開始嘗試把她的面龐畫下來。

我沒學過畫畫，每次落筆都畫的很難看。最後我在網上看到了別人畫的版畫，看起來比素描和油畫都更好入門，在板子上一點點打草稿，下筆入木三分，也不容易飄。

於是我有模有樣的買了做版畫的器材，打算給蘇芸做一副版畫。

整塊板子巴掌大小，只能畫下一個人臉像。等做完了放到小盒子裡，蘇芸應該也好拿，總可以塞進包裡。

完事具備，現在便要取材。遺憾的是，蘇芸的朋友圈裡沒有她的照片，我只能看著那張合影中蘇芸兩年前的模樣，來推測她如今的樣貌。

那時的蘇芸是長頭髮，皮膚很白，白裡透紅，身材是有些微胖的。

因為她微胖，鮮有人會稱她美女，只會說她可愛。但事實上，蘇芸的鼻子很尖很挺，櫻桃小嘴，其實是很吸引人的。

還有一點，她的眼神裡的些許神韻很有女人味兒，也許是拍照修煉出的某種與美共情的眼光吧。

我盡力地回憶著關於蘇芸的一切來製作這幅版畫，花了整整兩天兩夜，終於完工了。

約定的日期接踵而至。那天我洗了兩遍澡，噴了點父親的古龍水，把版畫放到禮盒中小心翼翼放到了書包裡，羽絨服上下擦了一遍，這才出了門。

那天北京的天空有幾分陰沉，彷彿所有的雪都壓在了天頂之上，就是不願意落下來，害得地上的人們看不到一點兒太陽。

但又恰恰是因為陰天，灰白的天空映襯之下，街邊的一切彷彿都更具色彩了。尤其是那皇城的紅牆和黃磁瓦，就像是被重新粉刷過一樣。

我早早就到了與蘇芸相約的地方，在北海北地鐵站門口徘徊等待。

突然有人從身後拍著我的肩膀。

我回過頭來，看見了蘇芸，竟一時間認不出來她。

蘇芸穿著一件修身的牛皮風衣，還有一條很合身的牛仔褲，她穿著一雙白鞋，仍然留著長髮。現在的我要略微俯視才可以看到她，兩年前的我們還是一樣高的。

我之所以一眼認不出來她，倒不是說因為身高，而是因為蘇芸的身材發生了巨大的變化。

曾經的蘇芸是有些胖的，而如今她卻變得格外得消瘦，下巴變成了一個個尖尖的角，顴骨在臉上刻下了兩道線。

她的腿也不粗了，而是像兩根細竹竿一樣立在那，手臂也很纖細。活生生像變了一個人。

但她的鼻子，嘴巴，眼睛，還是兩年前的那副鼻子，嘴巴，眼睛。儘管她的變化很大，我還是能很確定地認出來她。

我們面對著面，不自覺地打量著對方，各自愣了一下，這才想起來打招呼。

「早啊蘇芸，你變化真大啊，我差點都沒認出來你！」我說。

「你也是，你變高了許多，我也差點沒認出來你。不過我認出你的書包了，你還是原來那個墨綠色的包。」蘇芸說。

我這才發現，自己這個墨綠色的書包真是從來沒換過，如今都磨掉一層皮了。

我笑了笑說：「講真，一開始我還怕我們變化都太大，誰也認不出來誰。這麼一想，還真得謝謝這個包了。」

我們碰上了頭，便沿著那北海公園的一條條路走，邊走邊聊，我們似乎有說不完的話。北海的水在這個寒冷的冬天早就結成了冰，樹的葉子也都掉光了，顯得那白塔屹立在小山丘之上，看上去格外高大。

我們便繞著那白塔一邊遛彎，一邊聊著各種各樣的話題。

我跟蘇芸講了我在首府裡生活的那些經歷，劉主任被開除，室友輟學，還有怪人令學東，以及我數學競賽得獎的事兒。

蘇芸也講了許多關於她自己在家裡的生活，說她現在寫起了小說，平時無聊打發時間用。她說她寫了不少我們初中的時候，我和林哲英的故事。

「什麼時候，你也給我看看你寫的小說唄？」我問蘇芸。

蘇芸微微彎著腰笑了笑，說：「還不是時候哦，我覺得我寫得還不夠完整。」

我心里當然想看蘇芸寫了些什麼關於我的話，但我沒有強求，只說：「那等你覺得是時候了，我想第一個看。」

蘇芸笑了笑，沒有再說什麼。

那天的天氣很冷，湖面上的冰結得很厚。有人做起了溜冰的生意。我和蘇芸租了兩雙冰鞋，一塊兒滑起了冰。

小時候父母老帶我去國貿的一個商場裡滑冰，因此我會滑，滑得很自如。而蘇芸則是第一次滑，我牽著她的手一點點教她。

蘇芸的手很涼，我便握得很緊，一是怕她摔倒，二是怕她冷。

我牽著蘇芸的手，她在冰面上一點一點地挪，我耐心地等。

我看著她如今纖瘦的身材，判若隔世。她的手心漸漸捂出的溫熱，令我在這北京的嚴寒之中再次感到一絲生氣。

她滑著滑著，漸漸掌握了站穩和向前滑行的技巧，很快就會滑了。

我們牽著手，在北海冬天獨特的靜美之中漫步於冰面之上，眼神偶爾會碰撞在一起，牽著的手漸漸捂出了汗，我們都紅了臉。

滑了半個小時，我們有些累了，便上了岸，到北海公園出口的餐廳裡點了些熱茶。

時間到了下午，天氣開始放晴。只見雲朵一點點被陽光掀開，突然有幾抹光束從那天頂之上鋪灑下來。

金燦燦的陽光灑在了餐桌上，冰面上，還有蘇芸的臉上。

我看著蘇芸，她生著一張無比白淨的臉。也許是熱茶，亦可能是陽光紅暈了蘇芸的臉頰。此刻她看上去就像一顆水蜜桃。她笑起來時的酒窩顯得整個人都更加甜美了。

我們靜靜喝著茶，看著晚起的太陽慢慢地冒出頭來。一切都很安靜，我們也沒有說什麼的話，卻不覺得尷尬。

過了好一會兒，蘇芸突然有點不好意思地笑了笑，說到：「林加德，謝謝你今天陪我出來玩，我就要去美國，走前有個東西想給你。」

然後她從手包裡掏出一條手鍊遞給了我。這手鍊是三股淡黃色的草繩編成的，上面套著一個小小的淡藍色的水晶珠。

蘇芸說：「這手鍊是我自己編的。可能不是很精緻，不過……」

「哪有，很漂亮啊，我很喜歡。」我打斷著她的話說，隨即把手鍊綁在了右手上。

我把戴著手鍊的那隻手伸出去給蘇芸看，蘇芸看了看，說：「挺好看的。你喜歡就好。對了，這手鍊可是有寓意的。」

「什麼寓意？」我問。

蘇芸說：「這個草繩做的手鍊，戴久了就會斷，等它斷掉的時候就會有好事發生。但你也知道，它只能斷一次，而且你不能刻意弄斷它，不然就不靈了。」

我連忙又把手鍊小心地摘了下來，說：「那我可不能現在戴，等我需要運氣的時候我再好好戴它。不然它哪天要是突然斷了，我豈不是很虧。」

蘇芸沒有再說什麼，只是手捧著臉，微笑著看向窗外，另一隻手在桌上有節奏地輕叩。

我把她的手鍊收了起來，又把自己為蘇芸做的版畫拿了出來：「我也給你準備了一份禮物。」

蘇芸接過我的禮物，把盒子打開，看到了那幅版畫。其實我沒想到蘇芸會變瘦，所以那版畫裡的蘇芸仍然是有些微胖的。

「可能畫得不太像，不好意思啊。」我撓著頭說。

蘇芸仔細看著畫，又看了看我，說：「哪有，我很喜歡。我能看出來這是我，謝謝你。」

她又回過頭來看畫，看了很久，那原先清澈的眼神漸漸變得有些沉重。蘇芸的眼眶中似乎閃著些淚花，強忍著卻沒哭出來。

我沒正眼看蘇芸，全當沒看見她的神情，只低頭喝茶。

「真的很謝謝你，林加德。」蘇芸最後說，然後收起了我送給她的版畫。

後來我們便要分別。離別時已是夕陽西下。

我為蘇芸叫了輛車，她上車之前我從身後拽住了她的手：「蘇芸你等一下。」

蘇芸轉過身來看著我，她盯著我看，咬著嘴唇，眼睛裡的淚水彷彿終於忍不住就要滴下來了。

我沒有說那些我本來想說的話，只是抱住了她，說到：「我真希望咱們可以考上同一所大學。」

她在我懷裡，我能感受到她的心跳，只聽她在我的耳邊輕輕回復到：「我也是。」

夕陽彷彿把我們又一次帶回了兩年前的那個下午，我們彷彿兩朵夏花，盛開在了這寒冬的午後裡。

十五 天堂

與蘇芸告別的那天，我們忘記了合影。

也許有些記憶封存在腦海里而不以任何其他的形式留下，才是最好的紀念方式。我這樣安慰自己。

至於蘇芸送給我的手鍊，被我放在了我們兩年前的合影旁，並排放在我的床頭櫃上。後來蘇芸便去了美國。寒假匆匆過去，我則開始了新一學期的學習與生活。

高二下學期，是大學申請前夕最後的衝刺階段。

同學們都繃著緊張的弦，成績沒達標的同學刻苦刷著成績，沒有人生方向的同學絞盡腦汁地思考著自己是誰，無所事事的人則拼命享受著生活。奮鬥的奮鬥，混日子的混日子。

我呢，在這最後衝刺的半學期終於考出了自己美國高考（SAT）的分數。那幾年的試卷毫無徵兆地從原先的兩千四滿分變成了一千六，題目也變得簡單明了了許多，我乘這班考試改革的便車，一舉考了個一千五百多分，因此領先了身邊不少的競爭者，升學的壓力也因為這份分數減輕了不少。

儘管我在學業上順風順水，但我的心理卻愈來愈扭曲，我頻繁地思念起蘇芸，蘇芸在我的腦海裡失了控。她的離開令我憂從中來。

我想蘇芸也喜歡我，我們的情感是自然而真摯的，甚至經受過時間的洗禮。兩年前的那個午後，她沒有抗拒我的吻。兩年後的今天，她又再次找到我。這些便足夠說明我們之間感情的真摯。

然而我卻無法更加細節地回憶起關於那個吻的細節。記憶在時間的長河中流淌，潮濕又模糊。關於我和蘇芸的一切，那個下午的回憶，我早就分不清到底是真實還是幻想。我常在模糊的記憶裡迷路，像是在層層迷霧包裹著的樹林中悶頭亂跑。

或許是蘇芸主動吻了我，亦或許蘇芸根本就沒有吻我，我們只是擁抱在夕陽下，吻只是我的一場夢。

在所有這些關於蘇芸的記憶裡，我最後只得出一個有效的結論，就是蘇芸已經離開我了，而我忘不了她。

蘇芸離開後，我鬼迷心竅的那段時間裡，一個人卻突然回歸了我的生活。

「林加德！」

在一個平平無常的清晨，我的鬧鐘還沒響，有個人突然大聲叫著我的名字。我迷迷糊糊地睜開眼，只見一張鬍子拉碴的大臉正虎視眈眈地看著我。此人正是我那曾經的室友鄭文宏。

「鄭文宏？我操，你咋回來了？」我驚訝地看著他，問到。

鄭文宏一邊卸下手上的行李，一邊鎮靜地跟我解釋著：「我先收拾東西，你也趕緊起床，咱們去吃早飯，我慢慢跟你講。」

「我也有點事兒想跟你聊聊呢。」我說。

我麻溜儿起了床，跟著這位老友去食堂過早。

走在路上，鄭文宏看著校園裡熟悉的路發楞，彷彿一切對他來說都是新的一樣。兩個月不見，他的身材又魁梧了一圈，撂下一臉絡腮鬍，看上去幾個月都沒剃過了。

很快我們就到了食堂。鄭文宏還是照常點了十個煮雞蛋，一個個剝起來，並且照例要去掉蛋黃。

他一邊吃，一邊跟我說：「寒假前我輟學回家，當即就被爸媽罵死了。他們逼我回學校，可我心意已決，幾週都沒來上學。」

「廢話這我當然知道，我是想知道你現在咋又回來了？」我問。

鄭文宏一邊啃著雞蛋清，一邊淡定地說著：「你別急，聽我慢慢講。你也知道咱們上學這個流程，我爸媽在學期初就給我交了一整年的學費，這錢交了，我又沒在學校犯任何錯誤，學校沒法讓我走啊。總之，輟學不輟學不歸我說的算，得我爸媽給我辦退學才成。」

「可是就算你沒法輟學，你這期末考試都沒考，你現在回來又怎麼上學呢？」我想不明白，接著追問著他。

鄭文宏對我的催問有幾分厭煩，只瞪了我一下，我便老實了，等我安靜下來，他才繼續說道：「辦法總是有的。學校裡有一批運動員，因為比賽的緣故，他們恰好在寒假補考。於是我就跟那批人一塊把上學期的課在寒假給補上了。」

他說完這番話，雞蛋也正好吃完了，隨即打了一串兒響嗝兒。

鄭文宏又接著說：「我一開始不打算去補考，可是在家待了沒幾週，就待煩了，感覺還是上學的時候生活充實。再說，我爸媽也不會給我退學費，我也不想他們倆老人家天天為我操閒心，整不妥。」

鄭文宏說完，問起我來：「你說你也有事兒跟我說，什麼事兒？」

我偷偷地跟他講：「劉主任離職的事兒，我有一套理論，不過只是個猜測，但是我現在告訴你，你可以去自己核實。」

聽到這話，鄭文宏突然眼冒金光，但他的神情依舊淡定如初，只用眼神示意我接著說下去。

我便接著解釋起我的理論：「你還記得那個叫李雅樂的女孩嗎？她來了之後，深會的倉庫很快就被上了鎖，劉主任也隨即下台了。」

「你是說，這事兒跟李雅樂有關？」鄭文宏問。

我一邊示意他不要打斷我，一邊說：「後來我發現，這事兒還真就跟李雅樂有關。我從令學東那兒無意得知了李雅樂爸爸的身份，她爸是教育部的高官，可以直接管到我們這個學區的校長。我猜測是李雅樂讓她的父親跟咱們校長打了招呼，繼而請辭了劉主任。別跟別人說是我告訴你這些，因為你是深會會長，我覺得你應該去搞清楚事情的真相，所以才告訴你。」

鄭文宏聽罷，雙眼直勾勾得目視著前方，仔細琢磨起我的這番話，點頭說道：「可以兄弟，這一切都說得通。」

我補充到：「這只是我一個猜測，不過你可以自己去找李雅樂核實，大不了被她罵一頓。這事兒只能你自己幹，千萬別說是我跟你說的。」

鄭文宏又點了點頭，說：「成，夠意思。」

後來我們就背著包兒去上課了。路上，我看著眼前這個朝氣蓬勃的大漢又一次回到了我的生活中來，一是為他感到高興，二是因為他的回歸重拾了幾分對生活的期待和憧憬。

說到我近來的生活狀況，自從考出了美國高考的成績之後，我便自我放鬆起來。那段時間，我早睡早起，平時也不去逼自己哪怕多看一眼的書，只是去把需要完成的學業任務完成即可。

至於空閒的時間裡，因為下半年要申請大學的緣故，我開始參加一個又一個的「大學分享會」。每逢春天到來，首府就會迎來一批又一批宣傳招生的人，這批人分別來自美國，加拿大，英國，以及其他世界各地的大學。

我聽了不少的大學分享會，在所有這些學校當中，我最喜歡紐約大學。一是因為他們有很不錯的數學項目，二是因為我喜歡紐約。說到在紐約市的大學，哥倫比亞大學綜合講當然比紐約大學更好，可我自己心裡有數，以我的水平是遠遠不可能被哥倫比亞這樣的常青藤名校錄取的。

有一天中午，我和令學東一塊兒上完了英語文學課，一同去吃飯。吃飯的時候我們隨口聊了聊申請的事情。

「誒，令學東。我最近想了想，打算ＥＤ（提前申請）紐約大學，他們數學系挺不錯，我說不定能混進去。」我說。

ＥＤ（提前申請）就是在常規申請（來年一月一號之前），大概在十月中旬的時候提前申請。提前申請一旦通過，就必須去提前申請的那所學校，並且一個人只能提前申請一所指定的大學。大概的規則就是這樣。

令學東聽了我的話，調侃到：「老兄，你這腦袋瓜兒去紐約大學不是浪費了嗎。我要是你，怎麼著不也得去申個斯坦福，ＭＩＴ試試？」

「行了你就別拿我開玩笑了，你打算申哪兒？」我反問著令學東。

「我想ＥＤ芝加哥大學，學藝術史。不過我這ＧＰＡ（課內績點分數）實在是太低了，估計沒戲。」

令學東耷拉著那副黑框眼鏡，一邊低頭嚼著米飯，一邊說。

令學東可是考了ＳＡＴ幾乎滿分的人，我想他現在純粹是在我面前謙虛，便說：「你丫ＳＡＴ都他媽快考滿了，別說芝加哥，哈佛都有一半的可能，我覺得你穩的。」

「你可快閉嘴吧，別奶。」令學東罵道。

我們笑了笑，沒再多說什麼。

雖然我在標化考試（ＳＡＴ，托福，等）方面渡了劫，身邊的大部分同學卻仍在這最後半學期裡試圖提升哪怕是僅僅十分的成績。

要知道十分在ＳＡＴ考試中僅僅是一道選擇題的分數，在我看來這樣的努力毫無意義。尤其是有一些成績比我更高，考到了比如說1550分以上的分數，卻仍想再接再厲考到滿分的人，我實在是無法理解。

令學東這樣十足的理想主義者，對待這種刷分的人更是忍無可忍。在他看來，雅樂便是這樣一號人。

那段時間，令學東格外看不慣雅樂，總會動不動就評判幾句關於雅樂的種種事蹟和行為，把平時看不慣這個世界的怨氣全部發洩到雅樂身上。

那是一個中午，我們AP項目的同學們聚集在操場上上體育課。正直五月，春天的柳葉已經腰肢招展得隨風飄搖起來，天格外得晴朗。

然而最近的氣溫在如今這個春季裡，卻顯得甚是有些燥熱，彷彿夏天提前到來了一般。許多學生都早早換上了夏裝的短袖制服，還有很多男生女生連短褲也換上了。

我也因為這一波提前來到的酷熱而換上了短褲，而令學東則仍然穿著長褲。

在令學東眼裡，短褲是不成熟的象徵，因此他一年四季都堅決穿長褲，儘管他現在在我身旁跟我並排跑著，卻因為長褲的緣故早就熱得大汗淋漓了。

我們越跑越慢，不一會兒就墜到了隊尾。幾乎每一次和令學東慢跑，只要我跟著他，最後都會從跑步變成走路，他非但不去追前面的人，還故意放慢等他們超過我們一圈，然後再偷偷補回隊伍裡。

這次我們也不得不這樣做。天氣炎熱，我們後來乾脆連走都懶得走，便到那一片樹蔭下乘涼，等同學們跑到最後一圈的時候再補上去。

我和令學東躲在陰涼下，靠著那大樹聊起了閒天兒。

這一停下腳步來，令學東不知道是吃了什麼炮仗，又開始陰陽起雅樂：「那個李雅樂，SAT考了1590，現在又跑去刷ACT（另一門類似SAT的美國高考），說想考個36（ACT滿分就是36）。我真不明白那娘們是瘋了還是怎麼，吃飽了撐了沒事兒乾嗎這不是？」

「你怎麼對李雅樂總這麼大氣呢？她又沒招你。」我質問令學東。

「我抱怨幾句怎麼了？還沒有這個言論自由了是怎麼著？再說我講得也是事實。誒話說回來，那娘們又沒幫你，你怎麼幫著她說話呢？看你是站著說話不腰疼。」令學東嗆完雅樂，又嗆起我來。

我便轉移著話題：「李雅樂打算申哪兒？」

令學東有些不屑地說：「哥倫比亞，俗氣。」

我沒再搭理他的話。只見我們男生的隊伍還遠遠落在操場那頭，而女生的隊伍卻已經跑到我們眼跟前了，雅樂竟然在隊列其中。這可是件稀有的事情。她們恰巧就選中了我們乘涼的這快地方集合站隊。

令學東瞅見雅樂，更是心煩了：「真他娘的邪門了，說曹操到曹操就到。」

我讓他閉嘴，別讓人女孩兒聽見，她要是聽見了該多不好解釋。

令學東懶得搭理我，便轉過身去靠到樹幹的另一側，避免去看那群女生，尤其是雅樂。

我則出於好色的本能打量起令學東怎麼也看不起的雅樂。畢竟很少有機會能看見她來上體育課。

不說雅樂到底是個什麼人，她絕對算是學校裡最受歡迎的姑娘之一。我身邊屬實是有不少男同學都喜歡她。

拋開姣好的容貌不談，她的身材絕對是足夠出眾，或者說超越年齡會更為準確。我們十七八歲這個年齡段的學生，大多還發育得不那麼成熟，但雅樂的胸和屁股看上去卻像個正兒八經的成年人。

我不像那些被色情思想沖昏頭腦的男孩兒們一樣對雅樂產生過一絲情感的嚮往，但她的身材確實令我本能地想去偷看。

我在陰涼之下多駐足了片刻，偷看著雅樂的手乳肥臀，享受著片刻視奸的歡愉。

但不太好運的是，那天煞的女體育老師竟突然橫到我和令學東二人的面前。

只見她手背在身後，怒瞪著我們。我看見她，沒管令學東，趕緊就轉身溜走了，跑去追遠處男生的隊伍。

我一邊跑，順便回頭看，只見令學東也追在了我身後。

他那副僵硬的軀體天生就不像是為了跑步準備的，我看著他眉頭緊皺氣喘吁籲的滑稽樣，止不住狂笑。

雖說我和令學東都看不順眼身邊的同學像中國高考一樣刷分這件事，但這畢竟是大家主流的準備大學申請的策略之一。也正是因為這種主流思想的客觀存在，我們年級當下的學習氣氛到了最緊張也是最內捲的時刻。

也就是在這眾人申請的節骨眼跟前，不知從哪裡刮來了一陣西風。一家酒吧在首府的校門口旁拔地而起，生意甚是興隆，沒過幾週，又有一個迪廳開在了離學校不到一公里的商場旁邊。

連上帝都會在周日休息，但年輕人的青春卻永不打烊。

每個夜晚，許多附近的大學生以及我們首府成年的那些高三申請結束的人，都會抱著各種不同的目的，湧到酒吧里買醉，有些不住宿的同學甚至會在迪廳蹦個通宵。

我向來不去湊這個熱鬧，因為我沒到十八歲，不想冒被人趕出來的風險。即使等明年我到了十八歲，我也不想去沾菸酒這樣令人喪失理智的東西。

每每路過那酒吧和迪廳，我都會聞到刺鼻的菸酒味，令我本能地心生厭惡，於是會加快步伐遠離那裡。甚至在每一個平常不過的日子裡，我都會故意繞開那條正門的路，走學校的側門。

但我的室友鄭文宏，卻沒能擺脫這奶頭樂的誘惑。

他成了酒吧的常客。有時他甚至夜不歸宿，直到第二天早上才會回來。後來的有些日子，我甚至整週見不到他。

我勸他少喝酒，他說我不懂酒裡的樂趣。

有一天早上，他一邊衝著晨澡，一邊迷迷糊糊地跟我講著話：「林加德，你怎麼就不喝酒？」

「我有別的事兒乾。」我說。

「酒不好喝，但能帶你上天堂。你就不感興趣我晚上在哪兒睡？」鄭文宏問我。

「不知道。不想知道。」我說。

「我喝了酒，才能干那事。不喝酒就沒那膽儿。你說神不神。」鄭文宏一邊說，一邊笑。

他正走出浴室，只裹了個短短的毛巾在他大腿周圍。

我看著他的毛腿直皺眉。他不理會我，瞎哼著我沒聽過的小曲。

後面的日子，我越來越少見到鄭文宏，我繼續過著我平常反复的生活。數學隊的訓練在春天又恢復了正常。我們投入到了一個叫做歐幾里得競賽的加拿大數學比賽的訓練當中。

第一次做那套卷子，我就輕鬆取得了幾乎滿分的成績，隊裡其他的同學也是如此，因為這個競賽的風格就是基礎和簡單。我們甚至不覺得這是個競賽卷，只當它是份基礎練習題。

我沒把這場考試放在心上，無聊的時候便做一套。以往做題時採用的繁瑣的做題技巧和做題流程，都被我拋到了腦後。我只挑看上去有點意思的題，隨手做兩筆，有時看出個大概其的思路，便不會去真的下手做。一套卷子全屏心情答下來。

最後的結果可想而知，我並沒有考得很好，甚至比我預期的還要差。我的隊友有不少人考了滿分，而我卻發揮失常，有兩道大題都沒想出來，還錯了道簡單的細節題。

不過我也不那麼在乎，畢竟是個沒什麼含金量的考試，有了美國數學競賽的獎項，我總能吃點老本。

即便是這一次的發揮失常，也沒能重新燃氣我的數學激情，我仍然三天打魚兩天曬網的在數學隊裡混日子。

我混著混著，混到了夏天到來。

時間走到了七月，北京迎來了第一個三十五攝氏度度的高溫。

那些美國大學的招生官也是打著機靈，看北京的天氣一熱，也都放下了手邊的工作，紛紛回到他們的祖國美利堅避暑去了。所有的大學分享會都在六月便告一段落。

我徹底成了個沒事幹的閒人。

生活像是一個輪迴，一次次把我帶回最初的起點。

那段沒事幹的時間，閒慌又經常性得湧上心頭，佔據著我思緒的半壁江山。

我又開始不定期手淫，以排除雜念。

我徹底看不進去那些數學題了，有時干脆翹掉訓練的日子。因為沒有在即的大賽，教練也懶得管我。我便如此這般地荒度著白天以及夜晚雙份的時光。

後來我在黃色影片中都體會不到任何的樂趣可言，手淫對我來說似乎只是變成了單純的打發時間的手段，連那高潮的快感本身都令我憂傷。

一次放學三四點鐘的時候，我回到宿舍，忍不住手淫了一次。

不知道是天氣太熱的緣故，還是我實在太過頻繁。還沒等我拿紙巾清理乾淨衛生，我就不由自主昏睡過去。

醒來已是深夜時分，我只感到下體一陣冰涼，原來我還沒提上褲子，空調已經吹了我一晚上。

我懶得起身清理雜亂的床鋪，甚至懶得提上褲子。我只是光著身子躺在那，看著天花板上偶爾抽風閃動的頂燈發呆，大腦空空如也，躺在那一動不動，過了不久便又睡過去了，就這樣從下午整整睡到了第二天早晨。

我不知道還有什麼能帶給我快樂了。

當晚八點，我跑到學校買了杯奶茶，嗜甜總是能帶給人生理的快感，我便總是買份雙倍糖的奶茶刺激自己多巴胺的分泌。

買完奶茶，我會徑直走回宿舍，那晚我沒有繞遠，從學校的正門走回去。

走過正門的那個拐角口時，正是那酒吧開著的地方。趕了巧，我的室友鄭文宏也正巧到達他今晚的主戰場。

只見他牽著一個風韻性感的女孩兒的手，說是女孩兒，看上去足足大鄭文宏三歲，怎麼著也是個大學生。而鄭文宏，因為他那滿臉的絡腮鬍和濃密的眉毛，看上去也像個二十來歲的社會青年。

要不是我知道他只有十七歲，沒人會懷疑他沒有成年。

鄭文宏在門口看見我，有些好奇又有些驚訝，看到我手邊的奶茶，他才又收回了那副驚訝好奇的表情。

「我不是來喝酒的。」我連忙解釋。

「我知道，早點休息。」鄭文宏說，然後便走上了通往酒吧內部的台階。

我看著他抬頭挺胸走入酒吧，心裡突然有些心馳神往。

「誒，哥。」我從鄭文宏身後叫住他。

鄭文宏回了頭，問我：「怎麼了？」

「能帶我進去嗎？」我說。

鄭文宏看看我，又看看他身邊那位陌生的女孩，在她的耳邊悄悄說了幾句話，便把她打發走了。女孩兒走時打了一下鄭文宏的屁股。

然後鄭文宏走下台階，接過我的奶茶放到了路邊的馬路沿子上，把我帶我了宿舍，他讓我換了身便裝，白T恤和一條牛仔褲，然後又給我疏了個油頭。收拾利落了之後，我們便又出發去了酒吧。

鄭文宏在路上問我：「你今晚打算幹什麼。」

「我也不知道，去酒吧就是喝酒唄。」我說。

鄭文宏笑了笑，轉過頭來看著我說：「那你最好想清楚點。」

我想著鄭文宏的話，默默得跟在他身後走。

此刻是傍晚時分，我走在校園柵欄外的夜路上，看著那路邊飄搖而下的夏天的綠葉，寧靜的夜空之中掛著那一輪遠遠的白月，一陣清風徐來，竟令我一陣清爽。

我感到前所未有的自由。

我的心裡也突然湧現出一股久違的自信。

「我要破處。」臨近酒吧時，我說。

「可以。」鄭文宏說。

我們便一同走入了酒吧。鄭文宏說：「今晚我就只陪你，把你的事兒辦成了。」

鄭文宏指著酒單，示意我讓我挑一個。我看不懂那些酒分別都是什麼，便挑了個最便宜的。

「就長島冰茶吧。」我點到。

鄭文宏把我招待好，自己卻沒點任何酒。我的長島冰茶很快就上來了。

鄭文宏一邊看著我喝，一邊跟我聊著：「我還沒好好謝過你，把劉主任下台的真相告訴我。」

我一邊喝酒，一邊說：「我那不過是個猜測。」

鄭文宏說：「我問過李雅樂了，確實是她讓她爸幹的。」

「她沒問你是怎麼知道她爸是誰的？」我問。

「問了，我說是令學東告訴我的。她當時挺生氣，不過我保證說令學東只是告訴了我一個人，別人都不知道，我也不會往外說。她也就消了火。不會有你事兒。」鄭文宏回答。

我笑了起來，想著令學東和雅樂的梁子這輩子恐怕都不會了結。

這酒我很快就喝了一大半，但卻沒有一點感覺，只覺得胃暖暖的。至於這酒的口味，好像跟可樂沒什麼區別。

我便問：「這玩意兒怎麼跟可樂一個味兒，不會是假酒吧？」

「誒，幹嘛這麼說呢？你先喝，等你感到大腦微醺，特別想說話的時候，就去找這酒吧里的姑娘聊天去就行，我會坐在你附近照應你，你就盡情自由發揮。」

鄭文宏說完，拍了拍我的背，便坐到了吧台的另一頭。

我喝完了杯子裡最後那口酒，便開始等待酒後微醺的感覺。

出乎意料的是，我終於沒等到那微醺感，反倒直接徹底醉了。沒過多久，我便渾身燥熱，視線都扭曲了起來。

那種感覺來臨的時候，我撐起身環顧四周，沒有一點跟女孩兒說話的心情，只想到那門口吹吹冷風。

我順勢走出了門，下意識就往宿舍走。渾身的燥熱沒有散去的意思，我沒有一點睏意，繞著學校兜起了圈兒。

每路過一次校門口，我就踹一腳學校門面上的「首府」兩個大字。

走了好幾圈下來，我已經暈頭轉向沒了力氣，便在側門的一個大石墩子旁邊蹲了下來。

鄭文宏也蹲在了我身邊，原來他一路都跟著我。

我看見他，抱著他就哭了起來：「我做不到啊！我是同性戀！我不想跟那些女的弄！」

我在鄭文宏的懷裡哭，鄭文宏則拍著我的背，沒有問我問題，也沒有多說一句話，只是安慰著我：「沒關係，你沒有犯任何錯。有什麼煩惱，哭出來就好。」

我便接著哭，眼淚都哭乾了，鄭文宏才攙扶著我回了宿舍，把我安頓好後，我們便各自睡去。

那是我第一次喝醉，我不知道我為什麼會說自己是同性戀。我不是同性戀。

十六　花

喝醉的經歷讓我搞清楚了兩件事。一，我不愛喝酒，二，我也不能喝酒。

日子一晃，便到了秋天，那是高二的下學期。

身邊的每一個人，都開始由內而外剖析起自己年輕而短暫的人生經歷。

人們或情願或不情願得寫著一篇又一篇大學申請文書。

至於我，再過幾天就要提交紐約大學的提前申請了。我的朋友們，還有許許多多我連中文名字都叫不出來的身邊的同學們，也都要提交這漫長的申請季裡的第一份大學申請。

寫文書的時候，我喜歡躺在床上，靠著窗戶，把電腦放在大腿上敲鍵盤。

我必須承認，我是很糟糕的寫手。

一方面，我寫得很慢，一個月的時間，我只寫出紐約大學的一篇短短幾百詞的輔助文書，以及另外一篇幾百詞的主文書。如果換算成中文，大概相當於一篇兩千字左右的短篇小說。

另一方面，我不願意讓別人閱讀我的文書。

在我的意識裡，真實的故事和經歷裡的每一個字都是那麼私密，如果讓別人閱讀，簡直就是脫下了自己的內褲讓別人看自己的長短。

我不願意身邊的人讀我的文書，就是因為忌憚他們的評論和審視的眼光，這會帶給我社會性的死亡。

我就這樣封閉地寫著文書。

儘管大家都需要經受或多或少來自升學的緊張和壓力，我的生活卻因為課業的減少和數學隊的暫時停訓逐漸放鬆下來。

在這一點上，我和學術不精的鄭文宏達成了一致。

如今已經到了十月份，鄭文宏甚至還沒有開始寫文書，他不打算提前申請任何學校。

「我沒有特別想去的學校，就常規申請的時候買買彩票就好了。」鄭文宏這麼跟我說。

至於我，其實也沒有很喜歡紐約大學，只是所有類似水平的學校裡，我最喜歡紐約大學罷了。

令學東則是盯准了芝加哥大學，光芝加哥一所學校的輔助文書他就寫了好幾個版本，每天來回來去打磨修改，還逼迫我給他提意見。

我一開始會認真地給他提一些中肯的修改建議，但他改來改去簡直沒個完，我便開始糊弄他，說他寫得完美。

我一夸令學東，他反倒不樂意，覺得我敷衍了事。我便徹底改口，侮辱他寫得極爛，說些「你沒救了，你完蛋了」之類的話。

令學東被我如此打擊了幾次，終於不再來逼我看他的文書。

沒過幾天，我就不慌不忙把紐約大學的申請提交了。

等申請結果的那個月，我無時不刻戴著蘇芸送給我的那串手鍊。

如果紐約大學錄我，自然是最好的結果。如果他們不錄我，我再去常規申請二十所學校，跟鄭文宏一樣買彩票。

一切聽上去可能都有些突然，但事實就是，我在一個月之後收到了紐約大學的錄取通知書。

收到結果的時候，我正在上一堂英語寫作課。時間走到八點，我便拿起手機查起自己的錄取結果。

看到結果我便爽了，完全沒有聽課的心思，整個人都飄飄然，像一朵自由的雲。

我從後門默默走出了教室。

我慢慢走在樓道裡，也不知道要去那。樓梯上空無一人，我便坐了下來。

我看著牆上那道小小的通風窗口，有幾縷陽光打進來，把暗淡的走廊照得微亮。

我把手伸過去感受著那鑽到我手心裡的太陽，從未感到過那般輕鬆自在。

「結束了。」我一邊笑著，一邊盯著狹小的通風窗自言自語。

至於蘇芸給我的手鍊，卻依舊完好如初，它並沒有斷開。

於是我又把手鍊摘了下來，放到了書包裡。

得知錄取消息之後，我很快便通知了父母，他們不知道我今天會出錄取結果，接到我的電話，他們也沒有一絲緊張。

我便向他們通知了我被紐約大學錄取的消息。

他們聽到我被紐約大學錄取都感到很激動。父親甚至在電話那旁高興地跟同事們大聲傳起我的消息。

「我兒子要去紐約了！」

我緊接著告訴了蘇芸和林哲英我要去紐大的消息。他們都為我感到高興。

我也問了蘇芸在美國最近的生活怎麼樣，她說她一切都很好，現在在一所私立高中唸書，借宿在親戚家裡，聽蘇芸說，他們的木頭房子旁有一條小溪，潺潺的溪水聲總能令她心神寧靜，如果天氣好，還會一起到周遭的森林裡去徒步野營。

蘇芸還告訴了我她的地址，在北卡羅來納南部一個叫羅利的小城。我心裡幻想著，或許蘇芸有一天也會來到紐約大學，那我們的心願便成了真，我們又可以成為同學，我便會和蘇芸相愛。

說回我申請結束的那段日子，我的父母，父母的同事，我的朋友，以及許許多多我連名字都叫不出來的人，都紛紛向我表示著祝賀。

自此之後，紐約大學便是我身份的一切。人們會指著我說：「那哥們被紐約大學錄了。」

我則需要適應這份自己嶄新的身份，並引以為傲。

令學東卻沒有分享到我這一番好運氣，他被芝加哥大學拒絕了。

被拒的那些天他的心情很低落，我作為一個幸運者，無論如何都很難安慰得了他，只能在和令學東相處的時候避免任何與大學申請相關的話題。

而令學東自己卻滿腦子只有大學申請這一件事，不過這也是情理之中的。

他從芝加哥大學申請失敗的經歷中總結出了一條經驗：「絕對不能在申請結果出來之前的那天手淫，不然第二天一定倒霉。」

於是令學東開啟了長達兩個月的戒色之旅。沒想到他戒色申請的策略還真的顯靈了，他在第二次常規申請的時候被一所沒什麼人聽說過的文理學院錄取了，叫巴德學院，聽說那裡的藝術史專業很好，也算是為令學東艱苦卓絕的申請之路畫上了一個圓滿的句號。

雖然沒有被最想去的夢校錄取，令學東對自己最終的錄取結果也沒有任何怨言。

令學東的宿敵雅樂，順利被哥倫比亞大學錄取了。作為這一屆學生當中的第一位藤校生，她自然成了人們的焦點。

但是人們對雅樂的討論並不是關乎她成功背後的個人因素，而是關於她的種種八卦，比如她的父母是做什麼，有沒有給哥倫比亞捐錢，等等。

那時我才後知後覺，原來雅樂的母親是耶魯的校友，我早就應該從她的名字裡看出這番端倪。但雅樂最後申請的是哥倫比亞，也就是說她實際上不可以直接沾到母親的光。

在我看來，不管別人的議論如何，從令學東關於雅樂的種種言論中可以推斷出，雅樂是靠真憑實學申到的哥倫比亞。

我也向雅樂表示了我的祝賀。

噢對，我差點忘了說鄭文宏。

那時已經步入了新的一年，2018年，鄭文宏的大學申請才剛剛開始。按照他的策略，他把全美國四十到一百名之間所有差不多聽說過名字的學校方便申請的全申請了一遍，至於文書，他換湯不換藥地寫了幾篇，複製粘貼到了不同的學校的申請當中。剩下的就是漫長的等待，在夏天到來之前，鄭文宏總會得到一個結果。

出於某種原因，在申請結束後的每一天，我的生活都打不起精神，每天都無比怠惰。這不是我一個人的特殊情況，而是我身邊的每一個同學都在經受著高年級怠惰症的困擾。大家的生活彷彿失去了一個應有的目標。

我本來指望著數學隊能重新開訓，起碼有些事可以做。但教練卻已經選拔了新的年輕隊員，把我調到了高年級助教的位置上，並且沒有給我設置任何硬性的任務和出勤的要求。

我完全沒了學數學的動力，只是在學校裡把該做的作業混過去，而因為申請結束的緣故，學校給我們佈置的作業也越來越少。

每一天似乎就只有吃飯睡覺兩件要事。

情況就是這樣，不管我多麼怠惰，我仍然穩穩拿著手裡的這份紐約大學的錄取通知書。再浪費個兩三天也沒有關係，自由女神總在等著我。無憂無慮的日子就這樣一天天過去。

在一個風和日麗的早上，我們迎來了畢業典禮。

就在同學們聚齊起來，站在草坪上排起拍照的隊形時，鄭文宏突然大叫一聲。只見他盯著自己的手機屏幕大笑了起來：「我被哥倫比亞大學錄取了！」同學們紛紛用難以置信的眼光看向他。

鄭文宏看了看身邊圍觀著他的同學們，趕忙補充解釋道：「不好意思，沒說全，英屬哥倫比亞，加拿大那個。」

人們聽罷也不再理會他，鄭文宏便低著頭一個人傻笑。我在他身旁祝賀著他：「可以啊老兄，恭喜。」

他摟著我的肩膀，笑著說：「咱們可算都有學上了。」

集體照很快就拍完了。下午，學校另外給我們準備了一個慶祝大家畢業的酒會。

可惜鄭文宏因為這突如其來的喜訊，決定回去跟父母慶祝，不打算來參加下午的酒會了。我們珍重地道了別，約定要常聯繫。

說回酒會，舉行在一個亮馬橋附近的高端展廳。

我只記得那個展廳非常寬敞，設計極其簡約，但整體非常大氣。展廳的南北兩側是兩面幾乎純透明的鏡子，朝南的那面之外是一片雅麗的東方園林。

那天下午天氣多雲，使得空氣格外得濕潤涼爽，而那東方園林裡的松柏和綠草地也在這多雲的天氣中更增添了幾分格調。

時間指向下午五點，人們也漸漸到齊了。老師們，同學們都聚集在了展廳裡，服務員為顧客們提供著白葡萄酒和葡萄汁。

同學們都穿著正式的西服，一邊欣賞戶外園林的美景，一邊品酒談心。

我和令學東都不喝酒，只是倚靠在一個小桌旁聊天。

令學東那天穿著一套極其嚴謹的英式西服。雖說他瘦得皮包骨頭，但他這副身材套在這精緻的西裝裡看上去還活像一個模特。我則穿著父親櫃子裡撿出來的一套老西服，腰部甚至有些誇大，不過大概齊合身。

我和令學東珍惜著這最後相聚的點滴時光，聊了些過往的回憶。

回憶久了難免有些膩味，令學東便跟我講起了那些關於西服的瑣碎事兒，什麼襯衣領子上不能有釦子，有釦子的都不正式，襯衣袖子要露出邊兒來，還有胸前外衣的釦子不要全都係上之類的規矩。

我便有些開始走神，眼神游離到了那戶外的松柏與草地之間。這時展廳裡來了幾位拉琴的人。

隨著會場里人們的交談聲漸漸安靜下來，四位演奏者調好了音，便開始了表演。那是一段有感染力的表演。聽眾們沒有人再聊天，默默欣賞著表演中的歡快與溫度，彷彿離別的憂愁都被一掃而光了。

夕陽把天邊的雲彩印成了橙黃色，太陽開始落山。

「德沃夏克，美國弦樂四重奏，F大調。」令學東在我耳邊小聲地說道，我點了點頭。我一邊聆聽著這首活躍的曲子，一邊環顧著四周的人群。他們中的許多人，我甚至連名字都叫不上來，他們也不會記得我，我只會是他們的年鑑中的一個陌生頭像以及一個陌生的名字罷了。但我想，我一定會有一天想念起這群人，想念起這個下午。

演奏很快就結束了，高中的記憶隨著這一曲演奏也落下帷幕。一切都結束了，一切又都剛剛開始。

天色黯淡下來，人們終於不得不做最後的告別。我和令學東也聊完了最後幾句天。令學東和我緊緊地握了握手。其實我們總會再相見，令學東的學校離我不過幾十公里，他坐火車一個小時就能到市裡見我。他想必是不會閒得沒事來找我的，但卡耐基音樂廳，大都會歌劇院，總會吸引他來。

我和令學東就這樣道了別。

在我準備離開展會的時候，身前走過一個穿白裙的女孩。

她身材高挑，身段優美，拎著高跟鞋走在我的前面，只見她突然停住了腳步，回過頭來看那另一側夕陽與松柏。

夕陽的餘暉照在女孩兒的臉上，照應著她薄薄的紅唇。我竟一時間有些神經錯亂，彷彿眼前這個女孩就是蘇芸。

當我回過神來才意識到，那女孩兒其實是雅樂。

雅樂注意到了我，跟我打了聲招呼，我也，向她走去。

她突然想起自己手邊的高跟鞋，忙穿起鞋來。

我忙示意著她說：「沒關係的，我無所謂。」

她笑了笑，最後還是穿上了鞋，說：「我想還是穿著好些，我歇一會再回家好了。」

「做女孩兒可真難。」我感嘆。

「可不是嗎？」雅樂說。

於是我便陪著雅樂，找了個空沙發坐下了。我看著雅樂，這才意識到她的頭髮長了許多，不再是我初見她時的那種短髮了。我不由自主得更仔細地打量起她，她的白裙和白皙的肌膚，還有她標誌的面容，像出水芙蓉一般，可謂是秀色可餐。

只見她低頭打理著裙邊，散著頭髮。眼神被遮在半長的劉海後面，只露出一道精緻的下顎線，頗有幾分神秘。

「我給你拿杯酒吧。」我提議。

「好。」雅樂微笑著對我說。

只見她把劉海理到一邊，露出了眼睛，我們的眼神碰到了一起。我沖她笑了笑，然後就起身去為她拿酒。

經驗告訴我我是不可以喝酒的，於是我只為自己拿了一份葡萄汁，為雅樂則拿了一小杯白葡萄酒。

「你穿的衣服和白葡萄酒很配，我就給你拿了白葡萄酒。」我把酒遞給雅樂，並說道。

雅樂接過我的酒，有些輕佻地看著我，問：「那你為什麼給自己拿葡萄汁？」

我撓了撓頭，不願承認自己喝不了酒的事實，便找著藉口為自己開脫：「自從要去紐大，我什麼都喜歡選紫色的。」

雅樂笑了笑，沒有搭理我，只見她翹起了腿，抿了一口嘴邊的白葡萄酒，濃密的秀發又遮住了她的眼睛，只露出那道出色的下顎線和誘人的櫻紅小嘴。

我坐在她的身邊，心臟砰砰直跳。我一點點抿著葡萄汁，盡力不去看雅樂，尤其不去看她的身材，生怕自己禁不住誘惑會起生理反應。

葡萄汁很快就被我喝光了，我沒了任何辦法，便找話題和雅樂聊了起來。

「對了，咱們都去曼哈頓上學，也算是鄰居了。」我說。

「哈哈是啊，曼哈頓其實也就那麼大。」雅樂說。

「哥大在上西區吧，好地方。」我接著話茬。

「你們那更熱鬧些，我想我可能會常去下城玩兒吧。」雅樂笑著跟我說，接著抿了一口酒。

我的眼神總忍不住去看她，他窈窕的身材實在是令人難以忽視，我沒了葡萄汁喝，便只能壓低著聲音直吞口水。

我們沉默了一會兒，不知道還能說些什麼，這時雅樂突然問起來我：「你今晚打算幹什麼？」

「還沒什麼打算。」我說。

「我也是。」雅樂說。

雅樂的話令我的心砰砰直跳，她彷彿是在暗示我什麼。

只見此刻夜燈升起，月亮也掛上了枝頭。展廳裡打著幽暗的光。園林裡的溪水在悠白的月色之下閃爍著水波的光麟。人們都差不多散去了，一切都顯得分外的安靜，甚至可以聽見潺潺的溪水聲。

我則絞盡腦汁地想著能用什麼話回復雅樂，最後說：「時間也不早了，不如我送你回家吧。」

雅樂喝完了酒杯裡的最後一點酒，答應我說好。

她把酒杯放在一邊，站起了身，我們並排走出了展廳，走在靜謐月色籠罩下的街道上。

天氣有些冷了起來，我便出於禮貌脫掉了自己的西服外衣披在了雅樂身上。雅樂沒有說什麼，只是抿著嘴笑了笑，她雙手交叉拽著我的大衣衣領，緊緊裹在自己身上，放慢了腳步，繼續向前走著。

我雙手插在兜里，半低著頭，強忍住內心的慾望不去看她。但是走在雅樂身旁，她的高跟鞋敲一步步清脆得打在地上，令我的心跳不自覺加快起來。

這時我們走到一個熙熙攘攘的十字路口，我提議：「我們在這裡打個車吧。不然你該走累了。」

我看著雅樂，她也看著我。

雅樂低頭想了想，拽了拽身上那件大衣，更緊實地披在自己身上，她說：「我還不太想回家。」

只見路邊一輛小轎車從我們身邊快速駛過，雅樂向我靠近了幾分，她一隻手搭在了我的胳膊上，跨骨頂到了我的腿。

我在衝動之中輕輕握住了她的手。雅樂什麼也沒說，亦沒有反抗。我們便握著彼此的手，漫無方向地走在陌生的街道上，走向更深的夜色之中。

後來我們走到了一個沒有人的巷子裡，我再也忍不住心中的慾火，便從雅樂的身後拽住我自己的大衣，把雅樂拉到了我的懷裡。

我感受到了雅樂炙熱的體溫和心跳，還有她輕輕的呼吸聲。

我低下頭，親吻起她的額頭。她也抬起了頭，在朦朧的黑暗中找尋著我的嘴唇，她的身上還殘留著那白葡萄酒的餘香。

慾望逐漸吞噬著我，逼得我把雅樂推到了牆上。我們的肢體交纏在這狹窄的深巷裡，擁吻在這濕潤又溫和的夜色之中。

後來我們到了一家酒店，解決了剩下的事情。時候還沒有太晚，我們各自穿好衣服便回了家。

那天我是坐公交車回的家，車上只有零星幾個乘客，這年頭人們都愛坐地鐵，沒什麼人坐公交了。售票員也是已經消失的職業。我破了處，渾身仍有一身焦躁，只想在天橋上吹吹風，再看看國貿的夜景。再過兩個月，我在布魯克林橋會不會回憶起這個夜。

至於那晚和雅樂的情事，我們互相許諾不讓其他任何人知道。

隨後而來的那個暑假，也就是出國前的最後一個暑假，我卻徹底沉浸在了與雅樂的情事之中無法自拔。我和雅樂見了很多面，做了很多愛。

但我心裡清楚，雅樂不喜歡我，我也不愛雅樂。我只想和她做愛。這一切都是因為衝動，是慾望和夏天的荷爾蒙在作怪。

我既無法拒絕性愛對我的誘惑，又會因為接受了性的放縱而經常感到無比愧疚和自責。我想我是對不起蘇芸的，可我禁不住誘惑，仍會一次又一次投向雅樂的溫柔鄉。

我沒有理由向雅樂訴說我對蘇芸的愛，更沒有道理向蘇芸講述我夜里和別的女人在床上乾的事。

於是我選擇相信，人可以在性愛與純愛中找到平衡點，兩者是不衝突的，都要也沒有錯。

那段時間裡我沒有心思學習，也沒有為大學做太多的準備功課，只是盡力享受著大學前自由的歡愉。

我不再住宿了，每天回家，但家裡的情況卻並非一帆風順。

那段日子，生活裡的一切都似乎保持著風平浪靜，但父親卻一天比一天消沉，他的話越來越少，甚至長白頭髮。

有天晚上，父親突然一個人在陽台上抽起煙。

我納悶，父親是從不抽煙的，便問：「爸，最近出啥事兒了嗎？」

父親只顧在窗邊磕煙灰，沒搭理我，他專心抽著煙，看著窗外的風景，不過是一棟又一棟的居民樓，除了房子還是房子。

他在窗台邊沉默了好久，連續抽了兩三根煙，才回過頭來回我的話。

「兒子，我真心為你感到高興。你就要去美國了，你是我們林家的驕傲。我一定會全力支持你讀完大學，這點我向你保證。」

父親自始至終都沒看我一眼，彷彿不是在和我說話，而是在自言自語。

我想父親一定是有什麼難處還無法和我和母親開口，但我堅信父親是個堅強的人，他是不可能被打敗的。一切的困難都會過去。

直到有一天，父親早早就回了家，等到母親也回來時，他開著車，帶我們一家去了一家豪華的牛排店吃晚飯。

我猜測父親是想為我出國之前做一次慶祝，但他在餐桌上自始至終都沒說什麼話。

我和母親的牛排都吃得差不多了，包間里分外安靜，我們互相之間竟都不知道該說些什麼。

父親這才開了口。

我不願意描述那晚餐桌上的細節。事情是這樣的。

父親升官失敗了。父親連續得過許多次單位裡的優秀黨員，給單位創造過兩個多億的財政收入，比同位置的任何人都更有資格升任處長的位置。但有一個姓申的人，儘管他的資格和履歷都不比父親高，但處長的位置卻還是給了姓申的。人們都懷疑，姓申的用重金賄賂了領導。

這件事之後，父親非但沒有升官，反而受到了單位一次又一次的反貪污調查。父親不想自己的人格繼續經受官場的百般侮辱，終於不打算做官了。

「我打算辭職。」父親用堅定的語氣跟我和母親說。

雖然父親將因此失業，以後也不會有養老金，但我想父親已經做出了決定，而我沒有任何理由不去支持他。

母親也沒有多問一句話，只說：「我支持。」

於是父親便毅然決然退了黨，辭了職。有幾個受到父親感染的下屬為父親的遭遇打抱不平，也和父親一起辭了職。

因為這件事，我們家裡的經濟來源除去母親微薄的薪水，便開始全部依靠父親的股票收益了。

我日益感受到家中財務狀況的緊張。

家裡開始節省各種不必要的開支，省出錢來為我付學費。平日里父母也只吃些粗茶淡飯，很久都沒見他們買過新的衣服。

父親甚至變賣了一套郊區的房產。我們家裡只剩下市裡這一套一百平的老房子了。

我不知道今後的日子會走向何方。我能做的只有相信父親。

十七

美國

二零一八年八月，我啟程前往美國紐約，開始我的大學生活。

我在行李箱裡放了兩本中文書，一本是魯迅的《朝花夕拾》，一本是18年合訂版的《讀者》。

與父母在機場告別時，我沒有回頭多看他們一眼。後來母親因此批評我，說我沒心沒肺。

我主要是不敢看父親。離開官場之後，父親回歸了最初的老本行，做起了生意。我不知道他在做什麼生意，也不知道賺沒賺到錢。他沒跟我講，我也不會去問。

同時，父親也徹底退出了股市。股票在那一年的走勢是非常慘淡的，如果父親的投資組合和A股的走勢大致相同，差不多應該從兩百萬縮水到了一百萬。

為了避免更多股票市場上的損失，同時為了辦理我的留學簽證，父親很早就把所有股票都變現成了人民幣，先交齊了第一學期三萬刀的學費，再舉一家三口之力通過合法的換匯措施把剩下的全部存款換成了美元。

這筆存款總計有十四萬美金。

十四萬美元聽上去很多，但是紐約大學一年的開銷大概需要八萬美元，四年算下來，至少也要三十萬美元。

可是，這十四萬美元便是父母目前可以為我提供的全部的財務支持。

我在美國辦好了第一張銀行卡之後，父親便把所有的十四萬美元的存款通通打到了我的卡里。

「集中精力，用心學習。我和你媽會全力支持你完成大學學業，不要為錢的事情操心。」

父親匯完錢後，在發給我的微信裡這樣寫道。

一個人，一個行李箱，十四萬美金，我的大學生活就這樣開始了。

十四街華盛頓廣場旁的立頓大廈（Lipton Hall）是我最初落足的地方。

許多新生都住在這棟宿舍樓裡，而我面對兩千刀一個月的租金，無時不刻感受著極大的經濟壓力。

為了節省生活的開支，我很快在學校的食堂找到了一份臨時工作。

每個週六週日，我都會在宿舍樓下的食堂幹滿八個小時的勞工，做些端端盤子，擦擦桌子之類的活兒，來換取一小時十二刀的紐約州最低工資。換算下來，我每個月可以從中得到八百刀左右的酬勞。

這份工作的另一個好處，就是我可以在打工的時候免費在食堂就餐。光吃現成的還不夠，每次我還會拿好幾個打包盒，裝滿一周份的食物，囤放到宿舍的冰箱裡，用在工作日里吃。

實話說，食堂的飯非常難吃，但是它貴且營養，我因此得以省去了很大一筆吃飯的開支。

我就這樣精打細算地生活著，在時間的規劃上也如此。

為了進一步節省開支，我開始計劃提前畢業，第一學期修了六門課程，全都是專業課和用來滿足畢業條件的課程。高中數學競賽的知識儲備以及AP考試的成績，使我得以跳過了很多基礎課。

如果一切計劃都順利，那麼我三年就可以畢業。華爾街就在不遠處，我也說不定可以在街上找到一份實習。這樣一來，我的十四萬美元將剛剛好可以用來付清全部的學費。

紐約大學為我提供的高等教育也沒有令人失望，我享受幾乎每一節課堂的教學。有些課上的教授是在當代數學界有名有姓的人物，因此我在課上從不打小差，盡力去聚精會神地聽教授們對知識的講解以及對數學深刻的見解，生怕聽漏了什麼關鍵的信息。

課業之外，我和三個室友的關係卻並不融洽，我們常常因為廁所的衛生，夜裡的噪音，還有帶陌生人進出的問題產生糾紛。

在立頓大廈生活的夜裡我常常難以入眠，廁所的惡臭在房間裡瀰漫開來，窗外總伴有警笛長鳴，有個室友經常在深夜裡燒開水煮泡麵，那時水壺便會嗡嗡作響起來。

這座喧囂的城市像一個永動機一般無時不刻運作著。

這樣的生活只進行了不到一個月，糟糕的睡眠質量便開始令我在白天的時候常感到神經衰弱，力不從心，我開始很難維持自己的學業成績。

臨時工作的杯水車薪逐漸磨耗著我的生活動力，重複的餐飲也令我開始厭食。

我沒有時間社交，亦沒空交朋友，我總是一個人。

那時我才第一次有種感覺，我的人生在走下坡路。

我開始學會抽煙，在煙裡我可以忘掉愁苦。但尼古丁的樂趣轉瞬即逝，煙癮卻後患無窮，像是融在血液裡的垃圾，付之東流卻又迂迴反復。

那是開學後的第四個週末，重複的勞工終於令我體會到難以忍受的厭倦。那天中午我沒有去用打包盒盛剩飯，而是提前打卡下了班，跑到中央公園去散心。

紐約的秋天，天氣晴朗。

儘管公園外人潮湧動，但公園裡面卻總是歲月靜好。有許多不知道是鴿子還是海鷗的鳥兒在中央公園裡來回飛，我便追著那些鳥兒，繞著公園裡的大湖走圈兒。

後來我走累了，便找了個空木椅坐下，身後是一片樹林，葉子都掉得差不多了，還有幾塊巨大的岩石在我身旁。我坐在那又硬又冰的椅子上，意外地感到無比舒坦。

我想到史鐵生在我與地壇裡的一句話。

「在人口密聚的城市裡，有這樣一個寧靜的去處，像是上帝的苦心安排」

儘管北京人口密聚，但北京的生活大體上總歸是寧靜祥和的，這篇寫地壇的文章，反倒令我在地球的另一端觸景生情。

回想來美國的這頭幾週，我還從沒在任何一個週末的中午能這麼悠閒地坐著。中午的太陽正當頭，我看著湖面波光閃爍，感到一陣難得的放鬆，我掏出火機和一包軟中，在木座兒上抽了一會兒煙。

兩三根煙後，我抽得有點上頭，便收了火，走去別的地方散心。時間還早，我一路溜到了大都會博物館。

大都會博物館的門票是沒有定價的，儘管我窮的叮噹響，但每次我都會花二十美元來買票，只有那樣我才能看得心安理得。

我最喜歡大都會裡面的那處蘇州園林。那兒有一顆松樹，松樹旁邊是一景小橋流水。總會有幾個看上去像中國人的亞洲面孔在此駐足片刻。

我也喜歡在那園子裡停下腳步來坐一坐。那種感覺就好像回到了高中畢業典禮的那個下午，彷彿我才剛剛畢業，仍然是那個剛剛被紐約大學錄取的幸運兒，我完全自由，一切都還充滿希望。

蘇州園林附近還有另一處珍寶，我每次來都會看。那是一副元朝的壁畫，叫做《藥師經變》。

我聽很多人都稱它鎮館之寶，但其實我看不出這寶物裡的門道，只覺得親切。因為父親信佛，我們家的客廳裡有個佛台，父親在佛台上供奉的佛像，和這《藥師經變》正中央的佛祖長得一模一樣。

我常坐在那副壁畫前的長凳上，盯著那藥師發呆，感覺就好像坐在自家的客廳裡一樣輕鬆自在。

壁畫前有兩條並排的長木凳，那天，我坐在左邊的木凳上，有個女人一直坐在我的右邊。

壁畫展廳裡的燈光很昏暗，我一開始是完全沒注意到那人的。要不是她在那裡坐了實在好久，我恐怕不會有閒心去打量紐約的陌生人。

她有一頭微微的捲發，說長不長，說短也不短，穿著一件褐色的風衣，翹著腿，在一個筆記本上寫著點什麼。

應該是附近的學生，我想。

等她抬起頭，觀察起那副壁畫時，我才看清她的容貌。

這不是雅樂嗎？我心想。再看她的體態和身材，我又更加確定，坐在我旁邊的這個人就是雅樂。

「雅樂？」我試探地用中文和她打著招呼。

她抬起了頭，我這才沉下了心，慶幸自己沒有認錯人，她果然是雅樂。

「林加德？好巧啊！」雅樂也注意到了我，向我打著招呼。

「好久不見。」我笑著對她說。

她放下了手中的筆，合上了筆記本。我則坐到她的身旁，寒暄起來，聊起了最近的生活。

原來她是來完成一門藝術史課程的作業。每個月根據大都會博物館裡的一件文物寫一篇文章。這是第一個月。

雅樂說她寫得差不多了，我們便沒有在壁畫前多做停留，在會館裡閒逛起來。

「這邊時間過得可真快，沒想到開學都一個月了。」我一邊走，一邊感嘆道。

「是啊，感覺好像才剛畢業，轉眼又已經上了快半學期的學了。」雅樂說。

這時我們晃悠到了埃及主題的展館，有一個獅身人面像被放置在展廳的中央，這個展廳有一面大玻璃，可以看到街上的行人和大都會對面的高樓。

這裡的光線很好，我和雅樂便在這裡找了個空位置坐了下來。

那天我沒有打理自己的行頭，只是穿著一條破舊的牛仔褲，一雙有些髒兮兮的皮靴，和一件普通的黑帽衫，頭髮也沒有梳。

坐在雅樂身邊，和雅樂體面的衣著裝束對比，我活像個要飯的。

「你在這邊感覺如何？」雅樂問我。

「還行吧。」我雙手插在帽衫的兜里，看著展廳外街上的人群走過，簡單回復到。關於我最近的生活，我不好意思多說什麼。雅樂也沒有多問。

關於未來的計劃和學業，我們倒是聊了很多。雅樂說她在哥大修著經濟和國際關係兩個專業，以後可能會到街上做諮詢。而我則計劃讀數學，也想去華爾街闖蕩一番。

我們聊了很久，也快到了下午閉館的時間，雅樂便提議：「這附近有個意大利餐廳很好吃，今晚在大都會音樂廳也有個不錯的音樂會，你要是有空，咱們可以一起去。」

對於雅樂的邀請，我提不起一點興趣，我並不想在什麼奢侈的西餐廳和音樂會上花錢，我沒那種錢，於是便拒絕了雅樂：「有幾個作業今晚我還要趕一趕，就不去了，不好意思。」

雅樂沉默了一會，又說：「沒事，要不然就去我那邊坐坐吧，我的公寓就在這附近，我可以簡單做些飯。」

說罷，她伸出一隻手，挽住了我的胳膊，又把同一隻手插回風衣兜儿裡。她把頭靠在我的肩膀上，我們便在獅身人面像前依偎了一會兒。

我坐雅樂身邊一直低著頭，不想說任何話，只覺得空虛。雅樂也什麼話都沒說。

到了閉館的時間，我便跟著雅樂回了她在曼哈頓上西區的公寓。

那地方說不上奢華，但簡約乾淨，還是個單人間，廚房和客廳一體，不寬敞，但該有的應有盡有，小小的客廳裡甚至還擺得下那張大沙發。

房間裡看不到什麼風景，窗外不過是另一棟高樓。

雅樂沒有跟我多說什麼，她去洗了個澡，換了睡衣，便做起了飯。

我坐在她客廳的沙發上，看著外面那棟灰褐色的居民樓發呆，不知道能幹些什麼。

「你也去洗個澡吧，記得用那條灰色的毛巾。」雅樂一邊切著西藍花，一邊跟我說道。

我便去洗了個熱水澡。等我洗完了澡，雅樂也做好了飯。

雅樂做了牛排和煮西藍花給我，還有一盤意大利面。她做的飯很香，比那食堂飯好吃多了，我一邊吃一邊不禁想哭，但又哭不出來。

吃完了飯，我便幫雅樂洗碗。溫水嘩嘩作響，我們擠在那小小的水池邊，身體不時得發生著接觸。

碗只洗到一半，我們便忍不住了，雅樂拽著我的衣口，把我拉到了床上，我看著雅樂的臉，心砰砰直跳個不停。那晚我們做了很多次，雅樂的晚飯很好吃，我也睡了一個難得的好覺。

第二天一早，我六點多就起了床，我沒有叫醒雅樂，默默獨自離開了。

我乘著地鐵回下城上課，在地鐵上，我順手查了查雅樂公寓的價格，竟要五千刀一個月，幾乎是我宿舍價格的三倍。

那一整天，我的心思都沒法集中在課堂上。

晚上，我一個人躺在宿舍的床上，盯著蒼白的天花板，想了很多事。

到了午夜時分，我決定打電話給雅樂。

「雅樂，我可不可以來和你一起住。」我問。

雅樂沒有立刻答應我。

「讓我想一想。」片刻之後，她在電話那頭這樣說道，隨即掛斷了我的電話。

又過了幾分鐘，我便接到了雅樂的回電。

「你東西多嗎？」她問。

「就一個行李箱。」我說。

「這樣啊。」雅樂又沉默了一會兒，接著說，「那你來吧。」

於是我便搬到了雅樂的公寓裡，和她開始了同居的生活。

雅樂沒有收我一分錢的借宿費。但除了床事，我需要負責買菜以及打掃她房間的衛生。

搬到了雅樂那邊之後，我隨即退掉了學校的住宿費，雖然要交一筆違約金，但是來回來去我還是省下了近兩萬刀的租金。

和雅樂同居的日子裡，我並不和她睡在一張床上，做完了事，我就會到她客廳的沙發上去睡。我們各睡各的。

我內心也從來沒真心喜歡過雅樂，我只是饞她的身子。每次完了事，我看都不願意多看她一眼，雅樂對我也是一樣。我們平時很少說話。雅樂的公寓隔音很好，她晚上也很安靜。因此我開始擁有好的睡眠，只是需要白天的時候早起半個小時坐地鐵從上城到下城去上課。

這一切都是值得的，我心想。

緊張的生活繼續前進著，我在期中考試中的成績還算勉強說得過去，穩住了成績，沒有哪門至於掛科，不需要放棄任何課程。

我在周末也仍然做著臨時工，以此補貼生計，不管是買地鐵票，還是街邊的熱狗，都還是需要美元來買，因此我不能失去這份工作。

在一堂為了滿足畢業條件的人文課程上，我認識了一個外國同學，他叫萊恩（Ryan）。萊恩是個白人，我們需要一起做一份關於什麼環境問題的報告。

那是一節異常無聊的課，我只是為了拿到學分在混罷了。萊恩也對課上的內容毫無興趣。我們之間說著盡可能少的話，試圖以最快的速度把這份作業弄完。

很快我們便達成了目標，那節討論課上到一半的時候，我們已經寫完了報告，於是閒聊起來。

我那時才知道萊恩是不願定義自己為白人的，準確的說他是猶太人。我到今天也不知道到底怎麼說才是政治正確，便不和他聊這件事，只知道他叫萊恩便好。

萊恩和我聊到了女人，他說他一直想找個亞洲女孩做女友。

我說我也喜歡亞洲女孩，他便笑。

後來我發現萊恩恰好住在立頓大廈，每個週末，他都會來食堂吃飯，我們則總會有機會打個招呼，閒聊上一兩句。

週末的中午，我開始照例和萊恩吃飯。

萊恩是個素食主義者，但他不介意我吃任何東西。他也不給我洗腦，只說些素食的好處，不說肉的壞處。

後來他漸漸對中文感起了興趣，便想讓我教他中文。

「你在這打工時薪才十二刀，不如教我中文，我給你時薪十五刀，你還不用交稅。」萊恩跟我說。

我知道他學中文不過是為了泡中國女孩兒，不過這不關我的事，時薪十五刀不交稅是很好的差事，我當即答應了他。

我沒有完全辭去食堂的工作，畢竟我還需要免費的午餐，但我從原先的每天八小時改到了四小時，減少了一個班次（shift），從而也騰出時間教萊恩中文。

後來我跟萊恩越來越熟，我對他的了解越來越多。他住在長島，是籃網隊的球迷，有時他起了興致，會帶我一塊兒去看晚上的球賽，籃網的票不貴，他也不收我的錢。

我就這樣和萊恩成了朋友。

儘管萊恩衣著樸素，但和我身邊大部分穿牛仔褲和T恤的學生不太一樣，他某種意義上和令學東有些相像，愛穿襯衫，平時會系皮帶。

有一個週五，我和萊恩在去看一場籃網球賽的路上，地鐵裡有一塊公告牌上閃爍著紅紅綠綠的數字，那些是股票當日的即時價格。

我問萊恩：「你買股票嗎？」

萊恩笑著說：「我連個工作都沒有，哪裡有錢買股票。」

只見那些綠色的像素閃爍在熒屏之上，蘋果那天漲了三個點。我看著那一串串綠色的數字，像是看到了一份希望。我萌生了買股票的想法。

我又問萊恩：「我打臨時工的錢能買的了股票嗎？」

萊恩又笑了笑，說：「我不知道，兄弟，我爸跟我說，窮人的兜里不能變出股票來，但那些有錢人買了股票倒是越來越富。」

我記下了萊恩的話，想著自己銀行賬號裡存著的那筆十四萬刀的學費，心生了一份計劃。

看完球賽，我當即在網上找到了一個入門級的券商，因為打工的緣故我有美國的社保號，因此有資格申請成為他們的客戶。我很快就填完了註冊表，提交了申請。那晚我激動得無法入眠。

我的開戶申請很快便通過了。於是我開始學習股票的機制和投資的原理，我看的第一本書，也是唯一一本書，是本傑明格雷厄姆的《聰明的投資者》。我花了一個下午，讀完了前三章，便不再去讀了。

那是聖誕節前的幾天，我騰出下學期的三萬刀學費，把銀行卡里剩餘的錢全部投到了券商裡，購買了納斯達克的指數。那時納斯達克在六千六百點左右的位置。

我不去關注每天指數價格的變動，只看一看華爾街日報的日新聞。那不過是佔用我每天不到半個小時的時間。

至於學習生活裡的其餘的一切，仍然有條不紊的進行著。

新的一年裡，股票的價格持續高漲，幾乎沒有什麼讓我產生失望的日子。即使某一天指數大跌，我仍然對美國股市充滿著信心。

股票的受益令我又直起了腰板，我漸漸感到，生活的一切都在走向正軌。只要我堅持下去，失望會越來越少。

自由女神像的火炬好像為我燃起了火苗。

有一天，納斯達克開盤便高漲了百分之三，並且持續走高不下。這令我精神大振。

我不願再吃雅樂的軟飯，當天晚上就跟雅樂攤了牌。

「我要搬出去。」我對雅樂說。

雅樂沒有問我為什麼，也沒有阻攔我。我們那天做了最後一次。第二天晚上，我就搬著行李臨時住到了萊恩的宿舍。

我又重新和學校續回了租約，不過要在聖誕節之後才能住回去。

還好有萊恩，他寬宏大量地收容了我，聖誕節期間，他帶我去了長島的家，和他的家人們一起度過了那個聖誕節。

我見到了萊恩的父母，他還有一個哥哥以及一個妹妹。他們一家住在一個很大的房子裡，有一條狗，兩輛車。房子靠海，對岸便是曼哈頓。

萊恩一家沒有像大部分家庭那樣慶祝聖誕節，家裡也沒有聖誕樹。也許是因為我的拜訪，他們在假期的第一天做了中餐。

吃完了晚飯，我和萊恩一家人圍坐在火爐旁。他們正在為鄰居和朋友們寫著各種各樣的聖誕節賀卡。

我在美國沒有親人和朋友，便靜靜地坐在他們一家身邊，看著那爐火發呆。

那爐火燒得旺盛，我一身暖意，感覺好像又一次回到了母親的襁褓，一切都是那麼令人安心，那麼令人無憂無慮。

這時萊恩盤腿坐在了我旁邊，摟著我的肩膀，遞給了我一張賀卡。

那是一張聖誕老人頭像的紅色賀卡，上面寫著對我新年的祝福。

我很感動，便擁抱了萊恩。

他又遞給我了一把空賀卡，說到：「你也可以寄給你的親人和朋友們。」

我拿著那一堆賀卡，不知所措。在這無親無故的異鄉，我有誰可以祝福呢？

這時我想到了蘇芸。我趕忙在手機裡翻查著她的地址，謄抄在了賀卡上。第二天我便把寫好的祝福寄去了北卡羅來納。

蘇芸收到我的賀卡一定會驚喜吧，我心想。

傍晚，我坐在萊恩家的樓下，看向對岸的曼哈頓。

紐約的夜晚是看不到一點星星的，但曼哈頓一幢幢的高樓仍然閃爍著炙熱的燈光，飛機不斷地駛過這座巨型都市的天際線。

我閉上眼睛。靜靜地聆聽著這座城市的呼吸聲。

我站了起來，筆直地站著，張開了雙手，我幻想自己站在那碼頭之上，而海的那一邊正傳來閃爍的綠光。

明天又是新的一天。

假期之後，我住回了宿舍，新的室友比之前的容易相處，我也得以開始全心全力得投入到學習裡。

我努力提高著自己的課業成績，期間有幸遇到了一個我非常欣賞的教授和一個有趣的課題，於是我加入了他的研究組。

我終於過上一個普通留學生的生活。

一個人的夜裡，我便把無處安放的情緒寄託在對蘇芸的思念上。我忘記把她曾經的照片帶來美國，但並不因此遺憾。

那張照片不過是過往的回憶罷了，我更在乎現在的蘇芸過得如何。我幻想她的一切，幻想便是一切的美好。

關於聖誕節時寄給蘇芸的賀卡，我卻沒有收到任何她的回信。這令我悵然若失。

於是在復活節假期，我決定去探訪蘇芸。我用兩個週末的工錢，買了往返羅利的機票。

我訂好了蘇芸家附近的酒店，安排好了一切的行程，我沒有事先通知蘇芸，想給她一個驚喜。

那是我第一次在美國坐國內航班。國內航班的飛機比國際航班要小很多，在飛機上我也看不到什麼像我一樣的亞洲面孔。檢票的前台拿我找樂子，故意跟我講法語，然後又扭頭跟他的同事說這兒有個窮中國佬不會講英語，我用中文罵了他一句雜種，然後就上了飛機，鬆軟的客機椅令我的怒氣很快便褪去了。

為了省錢，我趕的是凌晨的紅眼航班。飛機上的人們都昏昏欲睡。但我怎麼也睡不著覺，於是就隨便讀了點書，一路上我都清醒得不得了。

第二點清晨下了飛機，我轉乘大巴，一路沒停，直接抵達了蘇芸的住處。

果真像她所說，木屋旁邊便是一條清澈的小溪，可以聽到潺潺的流水聲，在溪水的那邊是一片深林。

北卡的春天比紐約熱不少，我穿著短袖短褲，好在今天有一層濕漉漉的晨霧，天氣濕潤而涼爽，我也沒有熱出一身臭汗。

此時我已經站在了她的家門前，但我沒有去敲門，以免驚擾到蘇芸和她的親人。

我給蘇芸打了一通電話。但她沒有接。我重新撥打了幾遍依舊如此。

我沒了辦法，只好去敲門。

為我開門的是一個中國女人，應該就是蘇芸所說的那位親戚。她見了我，用中文跟我打著招呼。我向她說明了我的來意，她便邀請我先進了門。

那個女人是蘇芸的姑姑，我記不清她具體的表達，我得到的信息是，蘇芸已經去世了。

當初她不是來羅利上學，而是來治病。手術沒有成功，腫瘤最終奪走了她的生命。

我沒有心情在蘇芸姑姑的家裡逗留，打了招呼便離開了。

晨霧仍未散去，我感到眼皮在向下陷，拖著倦怠的步伐，我不自覺得走向那木屋旁的深林之中。

十八

終

二零二零年，八月。

從羅利返回紐約之後，我很久都沒有再寫過字。走出那片樹林，我便不願意再去回憶過往，只想抬頭向前看。但如今，新冠疫情突然席捲了全球，我被迫隔離在家，幾個月裡閒來無事，便又一次抬起了筆。

距離上一次寫字，時間已經過了一年有餘。這段時間裡，我的生活發生了許多的改變。對新生活不斷的適應終於令我來不及去處理那些繁雜瑣碎的記憶。如今重新提筆，我生怕回憶與現實會產生出入和差錯，所以需要重新閱讀自己以前寫過的每一份稿件，來梳理清楚過往當中那些真實的事件和情感。

我出國之後，父親和母親便離婚了。他們沒有立刻告訴我離婚的消息。我是在與母親大年三十的一通電話中得知的，那時父親和母親已經不住在一起了。

父親和母親離了婚，父親沒有留下房產，他把北京的唯一那套房過戶給了母親，淨身出戶了。父親愛茶，和叔叔的關係非常要好，離婚後他便回了武漢老家，和叔叔一起做起了信陽紅的生意，他的茶葉廠在當地做得小有名氣，還給我寄過來了好幾包他的原茶。

母親後來入了黨，又一次參加了高級會計師的崗位競選，這一次她終於成功實現了她的職業夢想，成為了一名高級會計師。我為她格外高興。

我那些兒時的摯友們如今也都長大成人了。他們中的許多人我都早已失去了聯繫。不過我倒確實收到了他們當中一些人的音訊。

林哲英和我一直保持著聯繫，他大學申請時順利考去了牛津的政治經濟哲學（ＰＰＥ）項目，在他的律師路上走得順風順水。

當年那個畫地圖的娘娘腔，後來也出國讀書了，不過他沒來美國，和林哲英一樣選擇去了英國。我便是從林哲英口中聽到了他的消息。娘娘腔在上大學的時候出了櫃，人們都知道了他是同性戀。

我當年那位成績優異的下鋪，成了國中有名的人物。他一共參加了兩次高考，第一次沒有考上北大，不過他被人民大學最好的經濟專業錄取了。可惜我的下鋪死活都不願意去人大，非要考北大，於是就復讀了一年。第二次高考，他終於沒有辜負自己的心願，考上了北大。我是在國中的公眾號上看到了他的故事。

高中時的那些朋友，除了雅樂，我都依舊保持著聯繫。

鄭文宏去了加拿大，在英屬哥倫比亞上學，學了個冷門的運動護理專業。他還是跟高中一樣不愛讀書，但他身體好，喜歡運動，可又沒來得及當一個正二八經的運動員。於是鄭文宏索性就學了個運動護理，以後不管掙多掙少，好歹能找個喜歡的工作。

令學東和我在上個感恩節時還見過一面，我們一起去卡耐基音樂廳聽了一場理查德斯特勞斯的歌劇。令學東沒有放棄自己藝術史研究的追求，只是在學術方向上有些許局限。來自東方的文化學者往往只能做自己老祖宗的研究，儘管令學東對西方文化更感興趣，但是卻投入到了對古絲綢之路的研究之中。對此，令學東並非不情願，反倒感覺更舒坦。他對老祖宗的東西也饒有興趣，東亞研究領域顯然也給他帶來了更多學術上的機會與認可。

我與雅樂則徹底斷絕了聯繫。

從北卡羅來納回來之後，我對紐約開始感到日漸的麻木，也逐漸失去了在這裡生活的全部興致。於是我選擇了轉學，想要逃離這裡的生活。

我的轉學歷程出奇順利，很快我就收到了一所很不錯的文理學院的秋季入學的錄取通知書，那所學校坐落在一個叫做米德爾堡的小鎮，學校旁邊有很多山湖，沒有高樓大廈。

收到轉學通知後不久，我在紐約大學的生活也很快就接近了尾聲。期末考試之後，我便和萊恩道了別，那時他已經學會用中文做最基本的交流了，我們都很高興。

哦對了，不只是我的學業生涯很順利，一九年的股票也莫名其妙漲得飛快，這使得我的財務壓力越來越小，因此得以更專心地學習以及思考未來的人生，我甚至有了些許閒錢。

離開了學校之後，我在紐約的一間民宿休息了幾天，給自己放了個短假，趁著那段時間，我買下了萊恩哥哥的二手本田，一路開到了佛蒙特州的米德爾堡，開始了新的大學生活。

在米德爾堡，我不再想什麼偉大的人生計劃，也不再想著要做什麼數學家。我只想找份體面的工作，建立一個美滿的家庭。我不再死磕各種艱深的數學題，轉頭學起了計算機。聽從了許多人的建議，我用了一整個暑假來做算法題，在秋天找到了一份不錯的實習。我剛剛結束我的遠程實習工作，因此近來得以賦閒在家中，提起筆，寫完這個故事。

每逢聖誕節，我仍會向蘇芸的姑姑家裡寄出聖誕賀卡，這成了我的一個習慣。我突然想起來，蘇芸送給我的那串藍水晶手鍊一直被我夾在我的墨綠色書包裡，於是在一九年的那個聖誕節，我便把那串手鍊夾在了包在賀卡中間，送去了羅利。

我從蘇芸姑姑的回信裡聽說，蘇芸有一個遺願，是希望生前可以再去逛一次北海公園。只可惜蘇芸的願望沒有能夠實現。不過蘇芸的父母用原本準備給她留學的錢打通了市裡的關係，以紀念蘇芸的名義在北海公園為蘇芸種了一棵樹。

我兩年沒有回國，沒有拜訪過那顆為蘇芸而種的樹。我想，在一個空曠的夜裡，也許是雨後，北海公園的那顆樹下，一定會開出優美而自由的花。

終。

國家圖書館出版品預行編目

北海公園有棵樹/谷風著. -- 臺北市：獵海人,
2020.11
面； 公分
ISBN 978-986-99523-2-3(平裝)

857.7　　109017600

北海公園有棵樹

作　　者／谷　風
出版策劃／獵海人
製作銷售／秀威資訊科技股份有限公司
114 台北市內湖區瑞光路76巷69號2樓
電話：+886-2-2796-3638
傳真：+886-2-2796-1377
網路訂購／秀威書店：https://store.showwe.tw
博客來網路書店：http://www.books.com.tw
三民網路書店：http://www.m.sanmin.com.tw
金石堂網路書店：http://www.kingstone.com.tw
讀冊生活：http://www.taaze.tw

出版日期／2020年11月
定　　價／360元